『ミロクの巡礼』

目の前は見渡す限り、同じ色の大湿原だ。（192ページ参照）

ハヤカワ文庫 JA
〈JA943〉

グイン・サーガ⑫④

ミロクの巡礼

栗本　薫

早川書房
6403

THE WORSHIPPER'S WAY

by

Kaoru Kurimoto

2008

カバー／口絵／挿絵

丹野　忍

目次

青い空のもとにもう誰も動く者の姿はなかった。

これまでにいくたびこのようなことはくりかえされてきたのだろう。そのたびに、人々は神を呼び、神が出現して助けの手をさしのべぬことに怒り、呪ったのだ。

そして人々は思うだろう——神よ、あなたは本当に存在しているのか。それとも、あなたはただの道しるべにすぎないのかと。

空のみがいたずらに高く青い。

ヨナの祈りより

〔中原周辺図〕

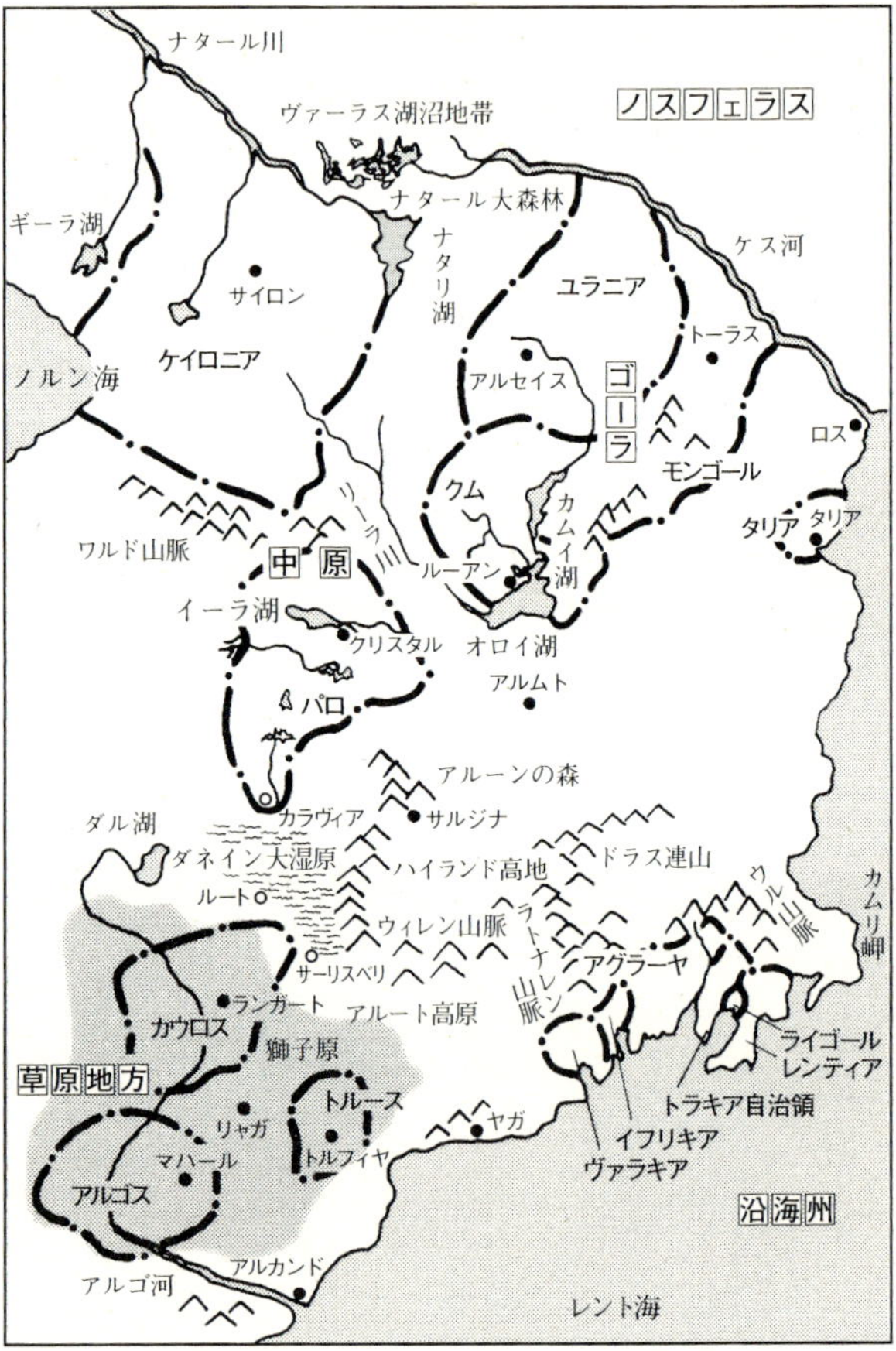
ナタール川
ヴァーラス湖沼地帯
ノスフェラス
ナタール大森林
ギーラ湖
ナタリ湖
ケス河
サイロン
ユラニア
トーラス
ノルン海
ケイロニア
アルセイス
ゴーラ
ロス
モンゴール
クム
カムイ湖
タリア
タリア
ワルド山脈
リーラ川
中原
ルーアン
イーラ湖
オロイ湖
クリスタル
アルムト
パロ
アルーンの森
カラヴィア
サルジナ
ダル湖
ダネイン大湿原
ハイランド高地
ドラス連山
ルート
ウィレン山脈
ラトナレン山脈
ウル山脈
カムリ岬
サーリスベリ
アグラーヤ
ランガート
アルート高原
カウロス
獅子原
ライゴール
レンティア
草原地方
トルース
トラキア自治領
リャガ
ヤガ
イフリキア
マハール
トルフィヤ
ヴァラキア
アルゴス
沿海州
アルカンド
アルゴ河
レント海

〔パロ周辺図〕

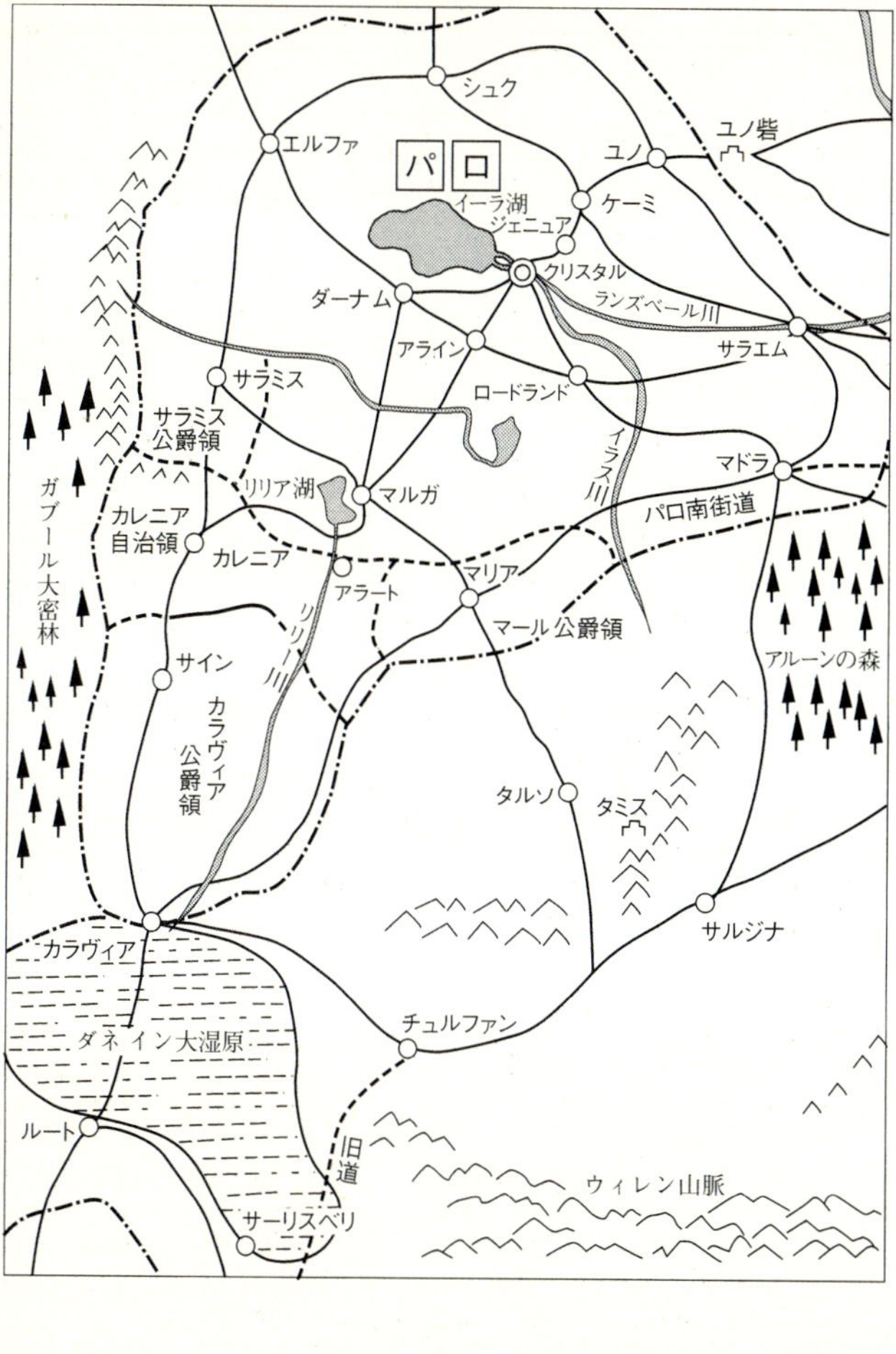
パロ
シュク
エルファ
ユノ砦
ユノ
ケーミ
イーラ湖
ジェニュア
クリスタル
ダーナム
ランズベール川
アライン
サラエム
サラミス
ロードランド
サラミス
公爵領
イラス川
マドラ
リリア湖
マルガ
ガブール大密林
カレニア
自治領
パロ南街道
カレニア
アラート
マリア
マール公爵領
リリア川
アルーンの森
サイン
カラヴィア
公爵領
タルソ
タミス
サルジナ
カラヴィア
チュルファン
ダネイン大湿原
ルート
旧道
ウィレン山脈
サーリスベリ

〔草原地方〕

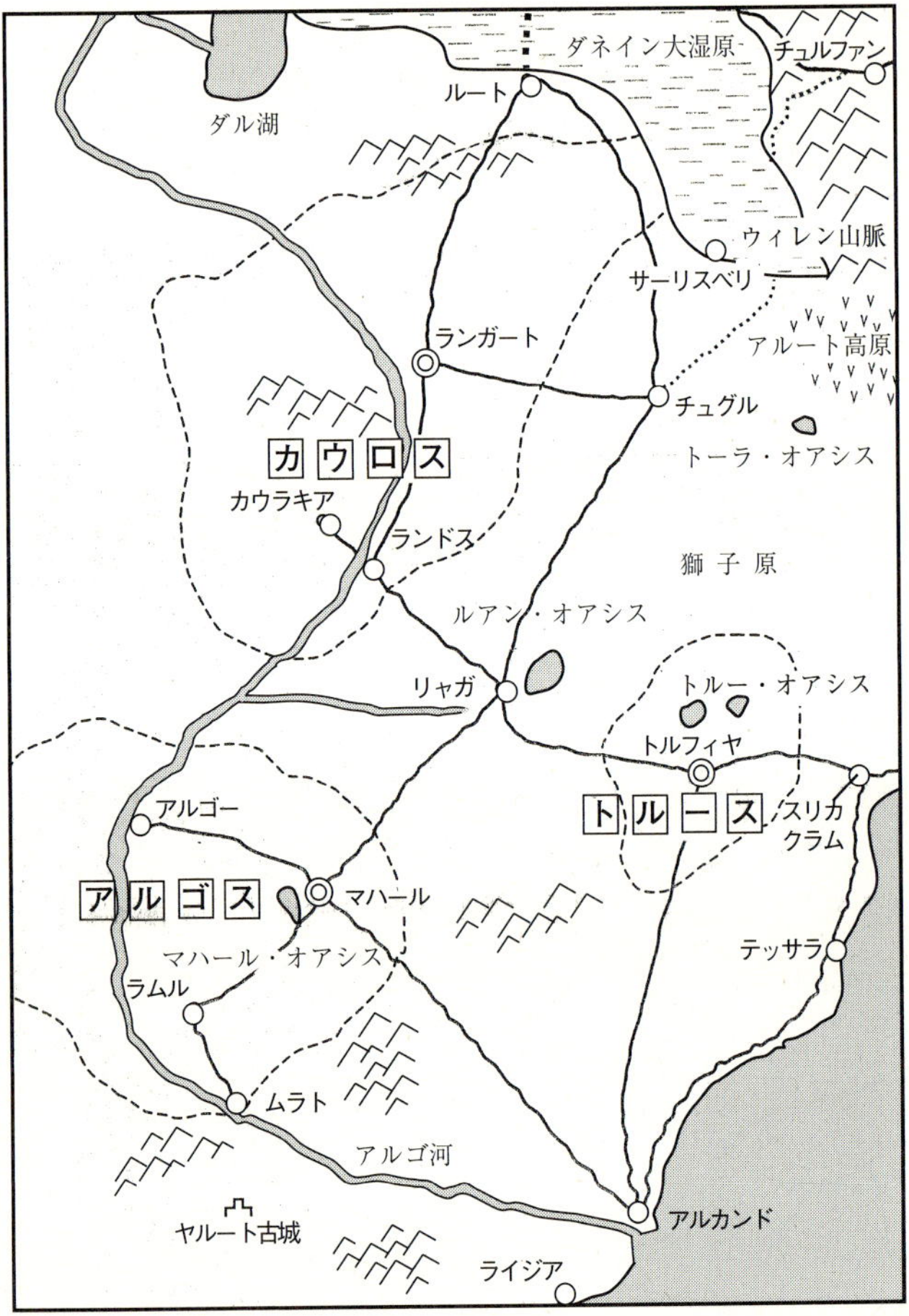
ダネイン大湿原
チュルファン
ルート
ダル湖
ウィレン山脈
サーリスベリ
アルート高原
ランガート
チュグル
トーラ・オアシス
カウロス
カウラキア
ランドス
獅子原
ルアン・オアシス
リャガ
トルー・オアシス
トルフィヤ
トルース
スリカクラム
アルゴー
アルゴス
マハール
マハール・オアシス
テッサラ
ラムル
ムラト
アルゴ河
ヤルート古城
アルカンド
ライジア

ミロクの巡礼

登場人物

ブラン……………………………ドライドン騎士団副団長。准将
カメロン…………………………ゴーラの宰相。もとヴァラキアの提督
ドリアン…………………………ゴーラの王子
アイシア…………………………マルガ離宮の女官。ドリアンの乳母
オラス……………………………ミロク教徒
ヴァミア…………………………オラスの妻
ヨナ………………………………パロ王立学問所の主任教授
ヴァレリウス……………………パロの宰相。上級魔道師
モース……………………………医師
スカール…………………………アルゴスの黒太子

第一話　カメロンの決断

1

空が、青い。

「ああ……」

ブランは、思わず、深くふるさとの空気を胸一杯に吸いこんだ。

ふるさと、といったところで、ブランにとっては、このゴーラの新都イシュタールはかならずしもそんなに親近感を持っている、「おのが故国」という感じはそれほどあるわけでもない。もとははるかな沿海州ヴァラキアに生まれ育ち、カメロン船長を慕うあまりにカメロンの私設騎士団、ドライドン騎士団の一員となって、本当の祖国を捨て、はるか内陸のゴーラまでやってくることになった騎士ブランにとっては、ゴーラや、旧ユラニア、アルセイス、といったこのあたりの土地柄には、そんなに親しみはない。それに、イシュタールに腰が落ち着いて、席があたたまるいとまもなく、ブランはカメロンの命令をうけてイシュタールを出、かなり長きにわたって、モンゴール国境からクムへ、そしてパロへ、とグイン一行を追跡する旅に出ていた。建設間もないイシュタールに、それほど執着する時間もなかったのだ。

だが、それでも、ここには、ブランのいまとなっては唯一の家族ともいうべき、ヴァラキア以来の親しい仲間たちがおり、そして、何よりも、ブランが故郷ヴァラキアの家族たちとほぼ永久的に訣別することを承知の上で選んだ、《おやじさん》カメロン船長がいた。

（ずいぶん、イシュタールは……出来上がってきたな……）

おのれが、カメロンに内密の命令をうけてただちにイシュタールを出発してから、どのくらいたったのだろう。

けっこう長かったとは思うが、どれほど長くとも、一年はたっておらぬはずだ。目当ての人々を発見するまでにそれなりに時間がかかってしまったが、ボルボロス砦からの報告をもとに、まずボルボロスへゆき、そこからはもううわさからうわさをかきあつめ、百人のドライドン騎士団の精鋭をひきいて、ついに目的の親子をたずねあてた——と思いのほか、そこには、なぜかケイロニア王グイン、という存在があった。

それから、おのれの長い、ふしぎなとてつもない冒険の旅がはじまったわけだが——

そのあいだに、イシュタールのほうは、たゆみなく建設が続けられ、ブランが発ったたときからでももうずいぶんあちこちが整備され、立派に出来上がってきているようだった。もっとも、そうである分、それはブランには、見慣れぬ真新しい、おのれの居場所があるのかないのかもよくわからぬ見知らぬ場所、ともうつる。

が──

「ブラン！　帰ったか！」

いきなり、大声もろとも、カメロンが室に飛び込んできたのを見たとき、ブランの胸はたちまち熱く濡れた。

「おやじさん──そんな、おやじさんから、来て下さらなくとも……いま、報告にうかがいますのに……」

「いろいろと、難儀をかけたようだな。ずっと心配してたぞ。ことに、帰り道で体調を崩したってきいて、よほど心配してたんだ」

カメロンは両手をのばしてブランをかかえよせ、その背中をばしばしと叩いた。海の兄弟どうしの感情表現は、いつも荒っぽいのが約束だ。

「お前みたいな、頑丈なやつが、病気になったってのは、いったいどういう風の吹き回しだと思ってな。なんか悪いもんでも食ったか」

「ち……まるでひとを拾い食いでもしたかのように……」

ブランは泣き笑いになった。

「けど、おかしな流行り病にかかったんだったら、もう二度とおやじさんや仲間の顔も見られなくなっちまうのか、このブランともあろうものが、旅先で、たかだか腹下しのためにくたばっちまうなんていうことがあってもいいのかと、そりゃあやきもきしてたんですよ。またいつまでたっても直りやがらねえ……腹下してやつはえらく消耗するもんですねえ。俺はほとんどそんなもの、なった覚えがないからなあ。船の上でも、古い水を飲んでも、腹なんぞ、下したことたあなかったのに」

「だが無事で戻ってこられて本当によかった」

カメロンも顔をくしゃくしゃにした。

「ワンもサムエルもみんなえれえ心配していたぞ。ワンなんか、自分が一緒にゆけばよかったといって、迎えにゆくといってきかなかったんだ」

「腹下しで街道すじの宿屋でくたばってるとこを、ワンになんか迎えにこられた日にゃあ、一生からかわれまさあ。ああ、その……」

あわてて、ブランは威儀を正して、あらためて膝をついて騎士の礼をおこなった。

「ドライドン騎士団副団長ブラン、たいへん遅くなりましたが、ただいま任務より帰参いたしました。御報告申し上げることをお許し下さいますか」

「ああ、報告しろ」

「たいへん残念な御報告になりますが、このブラン、団長より頂戴した任務にみごと失敗いたしました。本来であれば、何の面目あって団長の御前に顔を出せようかというところでありますが、いろいろと直接御報告しなくてはならぬこと多く、こうしてあえて恥をしのんで帰国いたしました。任務遂行失敗の罰はむろんどのようなものであれ、あえて受ける覚悟であります。まずは、ドライドン騎士団副団長降格も覚悟の前であります」

「何も、お前を、副団長からさげるのどうのなんて、俺はひとことも云ってねえだろうが」

うんざりしたようにカメロンは云った。

「そう、先回りするな。それよりも、まずはゆるりとその任務失敗のいきさつってものについて報告しろ。——まだ当分、陛下はお目覚めにはなるまい。俺もまだ出仕しなくていい。飲み物でも持ってこさせて、のんびりと道中のいきさつを話してくれるがいいさ」

「はあ……」

ブランが、長い旅から戻って最初に訪れたのは、ドライドン騎士団の性質上当然のことであったが、イシュトヴァーン・パレスの、イシュトヴァーン王の関係の場所や、カメロン宰相の正式の執務室ではなく、イシュトヴァーン・パレスの一部に作られている、カメロン個人の居住区域、つまりはカメロンの私邸であった。先にイシュトヴァーン・

パレスの騎士宮などに戻って、帰国の手続きなどをしてしまえば、当然その帰国はイシュトヴァーン王に報告され、ブランの報告はイシュトヴァーン王に対してのものたらざるを得ない。だが、ブランは、それを避けて、カメロンの私邸にひそやかにまずは帰国第一歩を記したのだ。

カメロンが小姓に飲み物を持ってこさせ、人払いをした私室のなかで、まだ病いえてそれほど間がなく、以前よりもいささか痩せてひょろひょろしてしまった感じのブランは、無念そうに頭をさげた。

「このブラン、おやじさんに命じられた任務をまんまと失敗したばかりか……ほかにもいささかの引っかかりが出来てしまいました。それについても、あえておやじさんに御報告申し上げることは先方にも申し上げた上で戻って参りましたが……」

「お前に命じた任務ってのは、何だったかな」

百も承知のくせに、カメロンはとぼけた顔できいた。ブランは、憮然とした顔で首をふった。

「俺に頂戴した任務は、ボルボロスよりの密偵の報告により、存在が判明した、イシュトヴァーン陛下の隠し子、イシュトヴァーン二世王子殿下及び、その母親を発見し、イシュタールに連れ戻る——ということです。王子殿下を発見はしました。むろん母堂もです。しばらく一緒に旅もいたしました。しかし、殿下と母堂をイシュタールに連れ戻る、という任務に俺は失敗いたしました。いや、あえていうならば、あえて遂行いたしませんでした。むろん、どのような任務不遂行の罰も、怠慢の罰も受けます。が、出来なかったのではなく――いや、かなり、相当に困難な状況ではありましたが、しようとせず、俺はあえてそのまま任務に背をむけてパロ国境を前にしてそこを立ち去りました。いかなる叱責も受けます。その責任はすべてこのブランにあります」

「待て、待て。お前のいうことはちょっともわからん」

カメロンはいささか苦い顔をした。

「発見は、したんだな？」

「しました」

「じゃあ、その母子ってのは、いま、どこにいるんだ？」

「パロ――にいるはずです。少なくとも俺が知ってる限りでは、そのはずです」

「パロに」

カメロンはひげの先を嚙みながらつぶやいた。

「それは、確かか」

「というか、グイン陛下と一緒にその母子がパロ国境をこえて、明日にはパロ国内に入ろうという――ヴァレリウス宰相の出迎えをうけて、ユノの宿場に入ろうという直前に、俺はグイン陛下にお別れを告げて、一行とたもとをわかちました」

「こりゃ、そこから聞いただけじゃ、何がなんだか、どうなったんだかよくわからんな」

カメロンはさじを投げて云った。

「まあ、いいから、ブラン。最初から、こととしだいを落ち着いて説明してみてくれ。でないと、俺には、何がどうしたんだかよくわからん。——そうでなくとも、ほかの密偵や間諜からの報告でも、相当に俺の頭はグイン王に関する限りは混乱してるんだ。だが、お前は、本当にグイン王と会ったんだな？」

「会ったのだんじゃございません」

ブランは溜息をついた。

「だが——話せばずいぶんと長いことになったり、信じられない、ときっとおっしゃると思いますぜ……全部、お話したら、今夜一晩くらいかかっちゃうかもしれませんが、それでも、いまもう、全部ぶっちゃけて詳細に御報告したほうがよろしいでしょうかね？」

「そうしろ。頼むから、そうしてくれ。だが、いまから今夜一晩ということになると、俺の公務が終わってからってことになる。その前にとりあえず要点だけいってくれ。そしてこまかくは、じゃあ今夜ゆっくりと聞かせてもらおうじゃないか。久々に酒でもくみかわしながらな」

「そうですねえ」

ブランはつぶやくように云った。

「じっさい、俺も……ここに帰ってきていいものかどうか、ずいぶん迷ったんですが……ああ、でも、おやじさんの顔を見たら、やっぱり、帰ってきてよかったのかもしれない。いや……俺は、おやじさんにとっては、許し難いような裏切り野郎になってしまったんです。俺は——俺は、違う人に、おやじさんにだけ捧げたはずの剣を捧げてしまったんです」

「それは、グイン陛下か？」

こともなげにカメロンはきいた。ブランはうなだれた。

「そうです。申し訳ありません。だが、捧げないわけにはゆかなかったんです。出来ることなら、俺がおやじさんのドライドン騎士団の副団長でなく、ただのゴーラの傭兵だったら、その場でゴーラと縁を切って、グイン陛下の部下に加えていただいていたでしょう。それほど、俺は……陛下に私淑してしまった。でも、おやじさんへの忠誠のほうがやっぱり昔ながらのものだし、そうである以上、筋を通さなくては、と思って、いっそおやじさんに切られてもしょうがねえやと思って戻ってきたんです。というか……船の上だったら、渡り板歩きですよね、間違いなく」

「ばか、もう、いまさら、そんなことでお前を渡り板を歩かせたりしねえよ」

カメロンは伝法に云った。

「それに、グイン陛下がとてつもねえ魅力のある人物で、立派な人物で、快男児だ、ってことは俺だって知ってる。俺だって、陛下に剣を捧げたい、と反射的に思ったくらいだからな。——あの、前に、トーラスではじめてお目にかかったときだな」

「いや、しかし俺のは任務だったんですから……」

「まあ、いきさつは今夜ゆっくりきくよ。いまはただ、お前が最終的にドライドン騎士団への忠誠を選んでこうしてイシュタールに戻ってきてくれた、ってだけで充分だ。で、フロリーの息子ってのは、実在してたわけだな」

「しておりました」

「どんな子だ。年はいくつだ」

「二歳半、もうすぐ三歳ってとこですが、可愛い子ですよ。ただ可愛いってだけじゃ言い尽くせないような な——正直、ガキにはあまり興味のなかったはずの俺でさえ、ちょっとあの坊やにはいかれてしまいましたからね。あの子と別れてくるのも、辛かったですよ。おっ母さんてのがまた、しとやかな、たいへん女らしい、でもしゃんとした女人でしてね。そっちのほうはべつだん、俺は惚れたわけじゃないんで、どうってことはなかったんですが」

「なんて名前だ？」

「イシュトヴァーン」

　ブランは云った。

「イシュトヴァーン二世殿下です。でも、おっ母さんは、その子の本名がイシュトヴァーンだってことがばれねえよう、いつも『スーティ』って呼んでました」

「スーティ」

　ゆっくりと、カメロンはその名を記憶に刻みつけようとするかのように口にのぼせ、繰り返した。

「スーティ、スーティ。――イシュト、とは呼ばないんだな？」

「そう呼んだらすぐにその子の父親が誰だかわかっちまうと、彼女が心配したんじゃないですかね？　これがなかなか、たいしたガキでしてね――まだたった三歳前ですが、ありゃあ、大物になりますよ。ほんとに、たいした玉なんだ。この小僧が。――からだもでけえし、もう四歳には見えますよ。けっこう達者に口もきくし、おまけに生意気におっ母さんを守る騎士気取りだったりするし、丈夫で朗らかで、胆っ玉がすわってて——俺は見たことがねえんでしょうねえ、たぶん、イシュトヴァーン陛下の子供のころってのは、まさにあのとおりだったんでしょうねえ。えらく人好きのする小僧で、グイン陛下もめろめろだったし――おのれの子のような気がする、っておっしゃってまして、いっときは、ケイロニアに連れ帰って御自分が養育してやる、というような話もあったんですがねえ。ものおじしねえし、たぶんありゃあ、とてつもない英雄になるんでしょうね。さすがに親の血をひくだけのことはある、っていうような……」

「ベタ惚れじゃねえか」

ちょっと驚き呆れながら、カメロンは云った。

「お前のことは俺が一番よく知ってると思ってるんだ、ブラン。お前は慎重なやつだし、そう簡単に情に溺れるっていうたちでもねえ。だが、グイン陛下に剣を捧げた、っていうのはこれは無理もねえとは思うが、その小僧――スーティ殿下に対しても、そんなに惚れ込んじまったのか。そんなに、いい玉か、そのちびは」

「ですね。おやじさんなんか、一目見たらたちまちめろめろになっちまいますよ。グイン陛下以上にね。だって、なにしろ、イシュトヴァーン陛下が三歳に戻って、しかももっと明るく元気になってあらわれたみたいなんですから……顔がまた、おかしいくらい、陛下にうりふたつときてるんだ。あの顔がついていたら、何もこの子はイシュトヴァーンの子供である、なんていう証明書なんか、つけてやる必要はなかったでしょうね。顔さえみたら、誰だって、誰があの子の親かわかっちまいますよ。むろん、自由国境だの、しもじもはイシュトヴァーン陛下の顔はよく知らないですから、いまんとこはそういう心配はないでしょうが、もしイシュタールやアルセイスにきたり……イシュトヴァーン陛下をよく知ってるものが多い場所にきたら、何ひとつ名乗らなくたって、誰もが、ありゃあ父親はイシュトヴァーン陛下だな、って思いますよ。——黒髪に黒い目、浅黒い肌に不敵なつらがまえ、まるっきり、陛下の三歳のとき、そのものですよ。いや、本当に」

「ウーム……」

カメロンは唸った。早くも、そのブランのことばをきいただけで、カメロンのなかに、(その子を一目見たい。早く見たい)という、まるで孫の誕生を知らされたかのような思いがふつふつとたぎってきたのである。

「それで——どうして、お前は、その子と母親——いや、その子だけでも……」

「連れてこよう、と何回かこころみはしたんですが」

ブランは何も包み隠すつもりをなくしていたので、率直に言った。

「一回は、グイン陛下と戦いになり、その場でいのちをおとしかけました。あとはまあ——陛下もぬけめないかただから、油断されていなかった、ってことですかね。結局、俺も、もうこの上こうしていてもしょうがないし、そのままパロに入ってしまったら、そのあとはケイロニアの使節団が迎えにきて、スーティ坊やとおっ母さんもろとも、ケイロニアに連れてゆく、っていう話のなりゆきになりかけているようだったし、このまじゃあどうにもならないから、ともかくいったん戻って、おやじさんの指令を受けて、もしどうあれ、任務を遂行しろ、と命じられたら、もうしょうがねえからケイロニアに単身でもぐりこんで、スーティ坊やを盗み出そうとして斬り殺されるのが俺の正しい末路になるかな、と思ったので、そのまんまグイン陛下に思ったとおりをお告げして、パロへは行けないからこのまんまゴーラに戻る、戻れば俺はカメロン宰相にすべて見たまきいたままありのままを報告するから、それが不都合だったらここで殺してくれ、と云って——」

「なんだと、おい」

カメロンは唸った。

「お前、正体が——グイン陛下にばれちまったのか」

「ばればれでしたよ」

ブランは苦笑いした。

「けっこう、たくみに化けてたつもりだったんですがねえ。傭兵に化けて、陛下一行に近づいて。でもなんだか、陛下には、そもそもの最初っから、すべて見破られていたみたいでした。あのかたはなかなかどうして、こう、油断もすきもならねえや。あの豹頭と、無骨一辺倒みたいな物腰に騙されがちですが、本当のとこは、あのかたくらい、騙しにくい相手はいないですね。それがよくわかりました」

「ウーム……」

カメロンはまた唸った。唸るくらいしか、返答のしようがなかった。

「なんだか、すげえことになってたんじゃないか、という気がしてきたな」

ややあって、カメロンはつぶやいた。

「ということは、グイン陛下は、スーティ王子がイシュトの息子だ、ってこともご存じだったわけだな？」

「それはもう。俺が近づいていったときにはもう、たぶんとっくにご存じの上で一緒に旅をしてらしたんだと思いますよ。俺が道々聞きだしたところでは、フロリーさんはスーティ坊やを人前になるべく出さないようにと、国境地帯の静かなミロク教徒の村の近くで、こっそりと女手ひとつで育てていたんです。だが、そこに偶然旅人としてグイン陛下とマリウスさんが通りかかり——そして、それと同時にそのミロク教徒の村がいささかのもめごとにまきこまれて、フロリーさんはスーティ坊やの素性が知られて村に迷惑がかからないようにってことで、村をはなれて、とにかくどこか遠く、誰にも素性を知られないところへってんで、グイン陛下たちと一緒に旅に出ることになったみたいですね。そのへんのいきさつは、あまりよくはわからないですが。——しかし少なくとも、俺が無理強いで仲間入りさせてもらったときには、グイン陛下のお考えで、一行はとりあえずクムをぬけてパロを目指そうということで南下をはじめてた。そのあともまあ、ちょっと信じがたいような話がいろいろあったんですがね。——おやじさんなら、まあ、信じてくれて、おまけにさぞかし面白がってくれるだろうと思いますが、だから、そいつは、今夜にでも酒でもくみかわしながらゆっくり話しますよ。なかなかとてつもねえ話ですから。――でも、まあ、そういうわけで、陛下はどんな難儀もあの持ち前のすごい知恵と武力と根性のどれかを使ってなんとか切り抜けられ、そうしてわれわれはなんとかついに無事にパロにつくことになった――っていうことなんですが」

「パロでは、その子がイシュトヴァーンの子供だと知っての上で受け入れを決意したのか？」

かなり衝撃を受けながら、カメロンは云った。

「だとすると――これは、なかなか……イシュトの考えも根底から崩れ去ってしまうというか……いや、なんでもねえ、これはこっちの話なんだがな、ブラン」

「むろん、リンダ女王のもとにはもう、グイン陛下と、そしてマリウスさま、それに聖騎士伯リギアどの、それにスーティ坊やとそのお母さんがパロ入りする、という報告が届いたからこそ、女王はヴァレリウス宰相を国境の町をこえて迎えに出したんだと思いますよ」

ブランは考えこみながら答えた。

「そして宰相がただちにケイロニアに知らせを出したから、ケイロニアがグイン陛下をお迎えにきたってことでしょう。ケイロニアは、グイン陛下の失踪で気が狂うほど心を痛めて、宰相のランゴバルド侯ハゾスどのみずからも、部隊を率いてグイン陛下捜索に出たいとアキレウス陛下に何回も願い出ていたんだそうですから」

「そうか……何もかも、もう、パロにも――ケイロニアにも筒抜け、ってか……」

カメロンは、なおも衝撃をこらえながらつぶやいた。

「そうとなるとこれはまた、まったく別の展開になるな。――というより以前に、まず、パロに交渉して、スーティ王子を取り戻さないことには……それこそ、こちらはパロに人質をとられているような格好になっちまうな。それがもし、ケイロニアに連れてゆかれたんだったら、なおのことだ。いや……これはなかなかとんだことになったもんだな」

「俺が、なんとか連れ出せればよかったんですが」

ブランは恐縮していった。

「あやしまれねえように、グイン陛下の炯眼をなんとかごまかそうというんで、俺は、連れてった連中を全部ゴーラ国境まで戻って待たせておいて、俺ひとりが単身でグイン陛下に近づいたんです。百戦練磨の傭兵だ、という変装をしてね。――でもって、そのあとなんとかグイン陛下の信頼を得ようとしてたんですが……御信頼は、ある意味得られたかもしれませんが、その分こっちも……自縄自縛になっちまったかもしれない。また、陛下は、スーティ坊やをいたくお気に召して、御自分の息子にしたい、というようなこともおっしゃるくらいでしたから……パロから、たぶんスーティ坊やはケイロニアに連れてゆかれたんじゃないかと思います。もし何だったら、俺が、追っかけてすぐケイロニアに潜入し、事情を探ってきますが」

「ばか、お前はいま、やっとのことで帰り着いたばかりじゃねえか。それにからだだっていためてるんだろう」

憮然として、カメロンは云った。

「当分は、お前はのんびりからだをやすめて、健康を取り戻すのに専念しててかまわん。というより、そうしてもらわんと困る。ずいぶん痩せちまったし、ひでえ顔色だぞ。ドライドン騎士団の副団長ともあろうものが、そんなヒョロヒョロされてたんじゃ、こちらも困るんだからな。まずは、からだを直せよ、ブラン。それが先決だろうが」

2

ブランがいったん旅装をとくべく、騎士宿舎のほうへと引き下がっていってから、カメロンは、かなり長いこと、深刻な表情で考えこみながら、おのれの私室の椅子の上から動かなかった。

もう、本当であればとっくに王宮に出仕しているはずの時間でもあったし、また、いつも超人的なまでに多忙なカメロンには、こんなふうにぼんやりと考えごとにふけっている時間など、本当はまったくなかったのだが、しかし、ブランが持ち込んだ報告の衝撃は、カメロンにはあまりに大きかった上、あまりにそれが沢山の複雑な外交問題や、このさき外交問題だけではない問題に発展しそうなものをもはらんでいたので、ともかくまずはおのれ自身の頭を整理せずには、とうていイシュトヴァーンに報告は出来ぬ、という気持になっていたのだ。

（イシュトヴァーンの隠し子が、グイン陛下の気にいられて、ケイロニアにいるかもしれん……その存在はパロにも、リンダ女王、ヴァレリウス宰相にも、ケイロニア政府に

も知られてしまっている……なんたることだ）

何回か、小姓が心配して、出仕の予定をたずねにきたが、そのたびに、「もし問い合わせがきたら、俺はちょっと知恵熱を出してくたばってるといっとけ。昼すぎにはなんとか出仕するからとな」ときびしく云って、小姓を追い払った。そして、ただ茫然とカメロンはそれからそれへと考え続けた。

だが、考える内容はあまりにたくさんあった上に、未知数のことが多すぎた。ついに、カメロンは、小姓を呼び、ドライドン騎士団の目端のきいたもの数人を呼び寄せさせると、それぞれに、ケイロニアのサイロンと、パロのクリスタルに潜入して、しかるべき間諜としての任務をつとめて必要な情報を手にいれるよう指示して、ただちにその場から必要な路銀を与えて出発させた。

それだけの手をうってやっと多少ほっとしたので、カメロンはイシュトヴァーン・パレスに出仕する気になったが、しかし、まだ、頭のなかは、まったく未解決の問題で一杯であった。同時にまた、ブランの話をざっと聞いたくらいではまだどうにも決断しようのない、わけのわからぬ謎や難問も頭のなかに、かえってぎっしりと生起してくるばかりであった。

（くそ……）

まず、ちょっとは気持を落ち着けなくてはならぬ、と考えたカメロンは、王宮に出仕はしたものの、まっすぐ執務室にゆくかわりに、王子宮のほうへと寄り道をした。ドリアン王子は、いずれモンゴールのトーラスにおもむいて、まだ赤児の身の上ながらモンゴール大公として、そちらで養育され、マルス伯爵を後見人として大公にふさわしい教育を受ける、ということが、すでに旧モンゴールの幹部とカメロンとのあいだで決定していたが、何を云うにもまだあまりにも幼い赤ん坊であるので、イシュタールからトーラスまでの長旅にもたえられまいし、また、育つ環境があまりに急激にかわることや、母親のないいまとなっては唯一の肉親である父親からあまりに早く引き離すのはあまりにあわれである、というカメロンの主張を、モンゴール側ももっともであると受け入れていたので、最低五歳になるまでは、とりあえず事情に変化のない限りは、ドリアンはイシュタールでこれまでどおり養育され、そのかわり長旅が可能になりしだい、何回かトーラスに顔見せのために連れてゆかれてマルス伯爵と面会をはたす、ということに決められていたのであった。

（可哀想に……この子はどうなるんだろう……）

カメロンには、どうも何かと、おのれが血まみれのあの凄惨な産褥からとりあげることになったこの不幸な赤児に思いがかかってならぬのであった。自害したアムネリスから直接に託された、ということもあるし、また、その後に父親であるイシュトヴァーンから、罪もないドリアンがうとまれ、かえりみられもしない、ということに対するふびんの情もひとしおでない。それゆえ、カメロンだけが、なにくれと機会があるごとに王子宮にゆき、ドリアン王子の顔を見、あやしてやったり、その成長ぶりを見守ったりしていたのであった。

いつしかに、がんぜない赤児のほうも、それでもちゃんとひとの顔を見覚えるのだろう。それに、不幸なドリアンには、職務としてつけられて面倒をみてやっている乳母と女官たちのほかには、そうやってその顔を見に行ったり、あやしてやったり、心をかけてやるものは、カメロンのほかには誰ひとりいないのだ。赤ん坊のドリアンは、いつのまにか、カメロンがやってくると、きゃっきゃっとはしゃいで笑い声をたて、可愛らしい笑顔をみせるようになっていたし、そうなればますますカメロンにはドリアンへのふびんがかかった。

「まあ、カメロンさま。今日はずいぶん早くにおみえになりましたのね」

ドリアンをあずけられている乳母のアイシアは、王子宮に前触れもなくやってきたカメロンを迎えて、嬉しそうだった。

「けさは王子様はとても御機嫌がよくて、お乳もよくおのみになりましたし、ときたま妙に御機嫌のわるいことがおありになるんですけれど、けさはなんだかとても御機嫌だったんですのよ。きっと、おじいちゃまがおいでになることを、感じていられたのかもしれませんね――あら、失礼いたしました。おじいちゃまなどと申し上げて」

「かまいませんよ。この子からみたら私など、まったくの白髪の老人というものだろう」

まだ、そこまでの年齢ではないが、白髪はそろそろ出はじめてはいる。だが、漆黒の髪の毛や髭にまじりはじめた二、三本の白髪などよりも、カメロンがおのれにひそかに忍び寄る《老い》を思わずにいられなくなるのは、むしろ、あれこれと来し方行く末、またドリアンの運命、イシュトヴァーンの今後などを思いわずらうときであった。

(俺も、もう、若くはないんだなあ……)

かつての、無鉄砲な海の男であったおのれも、もはや老いた。まだ老人という年齢でもないのに、昔が懐かしまれてならなかったり、また、ドリアンの行く末が心配でならなかったりすることそのものが、カメロンには、もう、二度とおのれの人生が思いきったやり直しはきかない年齢にきてしまったのだ、ということのあかしのように思われる。

もう、ドリアンは、ずいぶんとよく動き、むろん首も安定してしっかりとし、また、赤ん坊用の寝台のなかで、さかんにわけのわからない《お話》をしたり、最近では座って柵をつかんだり、まだ実際には出来ないが、顔を真っ赤にして立ち上がろうとさえしたりするようになっていた。アイシアにまかせておけば、ドリアンの養育のほうは何も心配はない――とカメロンは思う。

「さあ。まずは、ドリアンちゃまをだっこしてさしあげて下さいまし。王子さまは、カメロンさまが大好きなんですから」

アイシアは、むろん、ブランのもたらした情報――「もうひとりの、イシュトヴァーンのむすこ」のことなど、知るすべもない。

また、知ったところで何も考えはせぬだろう。彼女の仕事はドリアンを養育することなのだ。

奥の幼児室に入ってゆくと、カメロンはちょっと驚いて声をあげた。アイシアの下でドリアンの面倒をみている侍女がかたわらについている、赤ちゃん用の柵つきの寝台のなかで、白い服を着せられたドリアンが、柵をつかんで懸命に立ち上がろうとしているところだったからである。

「なんと、アイシアどの。もう立ち上がろうとしているよ、この子は」

「ええ、なかなか発育の早いお子でございますよ」

アイシアは目を細めて云う。

「でも、そんなにけたはずれにお早いというわけでもございませんけれど。なんといっても、もうおっつけ、お誕生日におなりになりますからねえ」

「誕生――二年たつ、ということか。もう、そんなになるのか」

ちょっと愕然として、カメロンはつぶやいた。ドリアンの誕生は、同時にまた、その母であるアムネリスの死でもあった。ドリアンが、いずれほどもなく満二歳を迎える、ということは、アムネリスの壮絶な死から、もうそろそろ、二年近くたってしまった、ということでもある。

（もう、そんなに——時のたつのは、なんとも早いものだな……）

この二年は、ただ、イシュトヴァーンのモンゴール遠征を心配したり、その遠征にともなう赤字をなんとかして埋めようとじたばたしたり、イシュトヴァーンに託されたイシュタール建設の業務をとどこおりなくすすめたり、あれやこれやとなんとかゴーラが国として円滑に運営されるようにつとめたり——イシュタールとアルセイスをいったりきたりして、わりあいまめにドリアンのようすを見てやるほかは私生活などほとんどありもしないくらいいな、仕事、仕事、仕事のうちにすぎてしまった。しかも、いわばカメロンの仕事の最大のものは「留守番」だ。ひたすら、待って、やきもきして、気を揉みながら、時が過ぎていったのだ、と思う。

「来るたびに何かしら発育している。赤児というのは、たいへんなものだな」

手をさしのべながらカメロンはいった。黒い髪の毛がもうずいぶんびっしりと生えそろってきた、緑色の目の整った顔立ちの赤ん坊は、満面を嬉しくてたまらぬような笑みに崩して、カメロンの手にむかってもみじのような手をのばしてくる。が、そこで、手を柵からはなしたので、こてんとひっくりかえってしまった。

だが、泣きもしない。あわててアイシアが抱き取ると、手足を突っ張らせて抵抗した。

どうやら、カメロンに抱いてほしいらしい。

「はいはい、ドリアンちゃま、ドリアンちゃまは本当に本当にカメロンさまがお好きですねえ。さあ、カメロンさまですよ、はい、抱いてもらいなさい」

カメロンが手をのばすと、赤児は満面できゃっきゃと笑いながらその手に抱かれた。

「この子が、こんなに御機嫌になるのは、カメロンさまがおいでになったときだけなんですよ」

もうかなり赤ん坊を抱くのにも馴れてきて、以前よりはおっかなびっくりでなく、小さな赤ん坊を抱いているカメロンに、アイシアが笑った。

「そうなのか」

「ええ、いつもは、どちらかといえば、気質が沈んでいると申しますのか……あまり、こんなに元気そうにおはしゃぎになることはございません。ときたま狂ったようにお泣きになって、どうしても理由がわからなくて私どももみな往生することがございますけれど、そうでないときには、ひとりで放っておいても寝台のなかで静かにしておられて、以前でしたら腹這いになろうと一生懸命してみたり、お座りしようとしたり——このごろは、いつみても《立っち》の練習をしておいでになる。なかなかがんばりやさんなんですよ……でも、あんまり、ひとになつくほうではおありになりません。あたくしには、ずいぶんなついてくれましたけれどもね。それでも、どうも、カメロンさまに対するときのほうが、なついているように思われるのは、不思議でございます」

「どうしてだろう。私のほうが、たずねる回数も少ないと思うのだが」

「わかりませんが……もしかして、あたくしはごらんのとおりの赤毛でございましょう。カメロンさまは坊やと同じ、真っ黒の髪の毛でおいでになります。おひげも黒いし。それが、ドリアンちゃまには、親しみが持てたりするのでしょうかねえ。でもまだ、御自分が黒髪だ、ということはおわかりにはなっておられないと思うんですけれど……不思議なことです。これが、本当のおじいちゃまや、お父様であられるなら、やっぱり血はあらそえない、と申し上げるところなんですけれどもねえ」

「……」

ちょっと、鼻白んだカメロンは、その話はイシュトヴァーン王には決してしないように、と釘をさしたものか、それともそんなことをしたら、なお危険かどうか、について一瞬考えていた。

いまではもうさすがにそんな疑いは捨てたらしくて、ほとんど口にもしなくなっているが、かつては、イシュトヴァーンは、こともあろうに、おのれがあちこち遠征しているあいだに、留守を守っているカメロンと、おのれの妻のアムネリスが、《出来て》しまったのではないか、ドリアンはカメロンの子なのではないか、という驚くべき疑いをもらしたことが一、二回ある。

あまりにばかげているので、とうていイシュトヴァーンが本気でそんなことを言っているとは思っていなかったが、あるとき、（これは、本気かもしれない）と気付いてから、カメロンはかなりぎくりとして、その後はことのほか、いまはなきアムネリスを庇ったり、思い出させたり、よく云ったりすることは避けるように気を付けていた。

（そんなことはありえないことは、イシュトヴァーンだってわかってはいるだろう。――第一、俺は……イシュトのことをこそ、我が子のように愛しているのだから。だが、わかっていても、そのような疑心暗鬼、裏切られているのではないか、という思いにかられてしまうところが、おそらくイシュトの病気なのだ。――病気は病気なのだから、あまり刺激しないほうがいい……）

ドリアンが、自分にだけ妙になついている、などという話をきいたら、せっかく落着いてきたイシュトヴァーンの疑心暗鬼の虫が、また目をさましてうごめきだしてしまうかもしれない。

（嫉妬、というのとも違う。――あれは、たぶん……おのれ自身もひとをずっと信じないできたから、逆に、信じられる人間などいない、という思いに、復讐されているのだ……そう考えると、いたましいような、恐しいような……）

しばらくドリアンと遊んでやって、まことに機嫌よくいつまでもまつわりついてくるドリアンをアイシアの手にかえし、室を出ようとすると、ドリアンがわっと泣き出した。

これもいつものことだ。ドリアンはいつも、カメロンがやってくると大喜びし、カメロンが帰ろうとするとあとを慕って大泣きする。

そうして幼い者に慕われていれば、それは当然カメロンも、いっそうドリアンが可愛くなる。一方イシュトヴァーンのほうは、生まれた直後にドリアンを渡されて、投げつけようとする大騒ぎを演じたあとは、一回、義理のようにドリアンを見に来たほかは、まるでドリアンの存在など忘れてしまったかのように寄りつこうともしない。もっともこのしばらくは、かなり長期のモンゴール遠征に出ていたし、そこで負傷してほうほうのていで帰国してきて、そのあとずっと傷を養っていたから、来るいとまもなかったのだ、と云えなくもない。だが、ひまがなくても気にかけているかどうかは、ドリアンのことを口にするかどうかでカメロンにはわかる。

(もう、それほど病的に憎んだりはしていないと思うが——そのかわり、むろん、愛情もない……ほとんど忘れてしまっている、というところだろうな……)

ひとしきり泣いて後追いをするドリアンをなだめ、あとはアイシアにまかせて王子宮を立ち去ってから、いよいよどうしようもなくなって執務室とイシュトヴァーンの居住区域のある、《暁星宮》の棟のほうにゆっくり歩いて戻りながら、カメロンは深く考えこんでいた。かなりあいだをあけて、護衛の武官数名と、小姓とそれに秘書長とがあとからついてくる。王子宮には遠慮して入らず、入口で待っていたのだ。

るかだな……）

（問題は……ここにあらわれたもうひとりの王子について、イシュトが本当はどう感じ

最初に、「もうひとり息子がいる」という話をしたときの、イシュトヴァーンの反応だけからでは、本当にイシュトヴァーンがどう感じているのかは、カメロンにはとうとうわからずじまいであった。

（面白えじゃねえか、っていったんだ。——そうか。俺にはもう一人、ガキがいたんだ。そんなこと、思ってもなかったよ——そうか、フロリーが、俺の子を？　こいつぁ面白え——）

（俺は、そのガキ、ぜひとも見てみたいぜ。俺の子なんだろう——俺とフロリーの子？一体どんなガキになってるんだか、ぜひとも会ってみたいもんだ）

最初にその話をきいたときのイシュトヴァーンの反応はそうであった。それがどこまで本心かも、カメロンには判断がつけがたいし、また、その後、その一件については、カメロンのほうで持ち出すのを避けていたせいもあって、イシュトヴァーンと話もしていない。

「ともかく、ブランの戻ってくるまでは判断する材料があまりに少ないから」ということで、カメロンは、イシュトヴァーンにその話を前触れとして洩らしてから、ブランが無事に帰国するまでの一ヶ月ばかりのあいだ、そのことについては一切触れなかったの

だ。イシュトヴァーンのほうも切り出してこなかったし、また、そうでなくとも、カメロンにも、イシュトヴァーンにもしなくてはならぬ公務はいくらもあった。

イシュトヴァーンはカメロンあいてに「パロへゆき、リンダ女王に求婚して、パロを平和裡にゴーラのものにする」ひそかな野望を打ち明けたが、その後、ただちに性急にそれを実行する準備にとりかかる、ということもなく、イシュタールでは一見したかぎりではこともなく平和な日々が流れている。

ひとつには、カメロンが、「いまは、一番時期が悪い。たとえ一千人の兵士をでも、連れてクリスタルに行く、ということになれば、財政的にまたゴーラは苦しくなる」ときつく云ったせいもあるだろう。だが、春がきて、ガティの春麦の収穫があれば、各地から税もあがる。そうなれば、ゴーラの財政状態も多少は好転するし、イシュトヴァーンのほうも、「万事はそれから」と考えているのかもしれない。

それに、ようやくゴーラという国の存在を認めるように、和平・通商条約を結ぶ可能性を打診してきたケイロニアとは、ひきつづいて何回か使者のやりとりがあり、他の国よりは比較的近いとはいえ、そのたびに、十日前後の時間がかかる。イシュトヴァーンも、ようやく国王としての仕事に積極的にたずさわるようになって、イシュタールに少し腰を落ち着けてみると、時の流れ、というものが、イシュトヴァーンの望むほど性急に答えを出せるものではなく、ことのほか「待つ」時間というものが、ことに政治には

多いものなのだ、ということを納得してきたようにカメロンには思われた。もっとも、

「こんな、いちいちほんのちょっとしか進展のねえ手紙のうやうやしい仰々しいやりとりに、いちいち十日も待って、それでこっちが返事を出してまた十日も待ってなんてこたあ、悠長すぎて、とうてい俺の気性にゃむかねえ」とカメロンにだけはこっそり愚痴をもらしたものの、ケイロニアと和平条約を結ぶことについては、イシュトヴァーンは相当に、望みをかけているらしく、珍しく真面目に取り組んでいるように見える。

いまのイシュトヴァーンは、けっこう真面目にそうして政治と、そして外交に心を砕いているようであるので、カメロンは、その彼をあえて刺激するようなことは出来れば思い出させたくはなかった。

(どうしたものだろう……)

とにかくまず、そのイシュトヴァーンという、父と同じ名前をつけられた子供が、いま現在はどこにいるのか、どういう処遇を受けているのか、それを確かめなくてはならない。場合によっては、その存在が、逆にゴーラに敵対するものによって人質として使われてしまう、ということも、ありえないわけではないし、それに、その子がパロにいるのか、ケイロニアに連れてゆかれたのかによってもずいぶんと事情は異なる。

(もしも、グインがその子を気に入って、ケイロニアに連れていってしまった、ということなら……)

その子がパロにいるのなら、それは、イシュトヴァーンに、パロゆきのかっこうの口実をさらに与えた、ということになるだろう。

だが、もしもその子がケイロニアにいるのだとしたら、イシュトヴァーンは、いますぐゴーラ王としてケイロニアに乗り込む、というようなことはとても出来る立場ではない。たとえいまから和平条約が結ばれようとしているところだ、といっても、結局のところ、いま現在ではまだケイロニアにはイシュトヴァーン・ゴーラは公認されていない、ということだ。だから、イシュトヴァーンがゴーラ王としてサイロンに乗り込んだとしても、そこで待っているのは、正当に扱われなかった、という怒りを増すような待遇だけではないかと危惧される。

（そうでなくとも……やつは、どうやら、グイン王を恐しくおのれの競争相手として——最終的な標的として意識しているようだ。その気持をもっとあおりたててしまうのは、何かとまずい……）

アキレウス大帝が退隠し、グインがケイロニア王として全面的に支配するようになったケイロニアが、いったいこののち、どのように内外の政策を転換してゆくのか、それがうまくゆくのか、それにケイロニア国内がついてゆくのかどうかも、それもおおいにこれから見守ってゆかなくてはならぬところだ。さらには、そのグインの実権掌握にしたがい、黒曜宮のケイロニア政府内でも、かなりさまざまな人事の異動、入れ替え、そして組織の作り替えなども行われようとしているようだ、という、これはカメロンはあらかじめサイロンに派遣してある密偵から聞いていた。

パロとケイロニアにあらためてドライドン騎士団の密偵を送り込んで、《イシュトヴァーン王子》の居場所を確かめ、そして場合によっては、父のイシュトヴァーンに内密にでも、自分が押さえてしまって、その上であらためて、イシュトヴァーンに話をする、という手もある、とカメロンは思っている。

（ブランほど腕のたつ、気もまわるやつが王子を連れ帰る任務に失敗したのが、グインがその子をとても気に入ってしまい、その子の後見人にたつ、という意志を示したのだとするとそれは非常に問題だが——グインがそこまでの気持はないのだったら、とりあえず……何がなんでも、その子の存在がこののち、ゴーラにとって、いやイシュトヴァーンにとってなんらかの足枷となったり、邪魔にならぬよう……とりあえずはまず、俺がその身柄をおさえておいてしまったほうがいいかもしれんな……）

ブランにはすまないが、ブランがいったん疲れがとれたら、またブランを隊長として、あらてのドライドン騎士団を今度はかなり大勢繰り出し——それまでに、子供のいる場所を確認させておいて、ともかくもつかまえて隠してしまう。

（そのあとで……イシュトヴァーンの様子を見ながら、その子の処遇について考えてゆくか……）

気持が決まった。いまはまだ、イシュトヴァーンにすべてをありのままに報告する段階ではない、とカメロンは決めたのだ。どのように話すかもおおむね見当がついた。カメロンは、ようやく足を速め、だがまだ多少の苦渋を眉間に滲ませながら、国王宮のほうにむかって歩き出した。

（イシュトヴァーン陛下が三歳に戻って、しかももっと明るく元気になってあらわれたみたいなんですから……顔がまた、おかしいくらい、陛下にうりふたつときてるんだ。あの顔がついていてたら、何もこの子はイシュトヴァーンの子供である、なんていう証明書なんか、つけてやる必要はなかったでしょうね。顔さえみたら、誰だって、誰があの子の親かわかっちまいますよ）

ブランのことばが、いつまでもカメロンの頭のなかに、まざまざとこびりついていた。

ブランにそのように云われてから、カメロンのなかには、ひとつのささやかな夢があらたに生まれ出ていた。

3

ブランのことばによれば、その「スーティ」と呼ばれているという幼い少年はかなり筋もよく、人好きもして、豹頭王の心をとらえるほどの天性の魅力をもっているという。また、その母親は地味だがきわめて芯の強い、しっかりとした女性で、その薫陶よろしきを得て少年は幼いながらすでにごく凛とした性格に育ちはじめているらしい。

一方では、そうしたよい母親に恵まれてひっそりと育っている子供をそのままにしておいてやりたくもあったが、しかしどうせ、イシュトヴァーンの血をひいている、と知られてしまえばそのままあちこちから放置されようはずもない。

（だったらいっそ——俺が手元に囲い込んで……）

かつて、チチアの下町で、父も知らず、母もなく、チチアの陽気な娼婦たちと伝説の博奕打ちコルドの情けによって、少年イシュトヴァーンはかろうじて育つことができた。だが、そのかわりにごく幼いころから戦場稼ぎに出て、戦死した死体のふところをさぐってぬすみをはたらき、店先から食べ物を万引きし、そしていかさま博奕を幼いころから覚え、まだ十一、二歳のうちからそのからだを男、女とわず売って、そうやっておのれひとりで生き延びてきたのだ。

（いまの、イシュトヴァーンのあの、あらくれた、不安定な精神状態と、そしてたけだけしい、血を流し戦いの興奮のなかにだけ我を忘れたいという性格のひずみは、明らかに、あの育ちからきているのだ……）

カメロンはまだ少年のイシュトヴァーンと知り合い、これはと見込んでからは、ずいぶんと目をかけて、おのれのあとつぎになれよと誘いもし、金銭的な援助をも与えて、なにくれとよくしてきたはずだった。だが、所詮他人のことだ。それに、カメロンは船乗りで、イシュトヴァーンが年端もゆかぬ少年であったころには、ほとんど一年の大半をオルニウス号にのり、海の上で過ごしていて、チチアにはたまにしか戻れなかったのだ。とうてい、「親代わり」というところまでは、手をかけてやってはいないと思う。

気持そのものはずいぶんと向かっていたけれども、それを行動にうつしてイシュトヴァーンが保護者を切実に必要としている時代に、頼もしい保護者として守ってやることはなかなか出来なかった。唯一出来たのは、イシュトヴァーンがヴァラキアの支配者ロータス・トレヴァーン公の公弟、オリー・トレヴァーンともめごとをおこして、ヴァラキアを出なくてはならなくなったときに、おのれの船オルニウス号にかくまって無事ヴァラキアから逃がしてやったくらいだが、すでに十六歳になっていたイシュトヴァーンは、とっくにその暮らしからも育ちからも、激しい他人を拒む自立心を身につけてしまっており、結局さまざまな冒険のはてに、イシュトヴァーンはヴァラキアに戻るカメロンとたもとをわかって、いずくへとも知らぬ冒険の旅に去っていってしまった。

そののち、長い年月のはてについに再会したとき、すでにイシュトヴァーンは成人もしておれば、モンゴールの将軍でもあった。もう、彼はいかなる庇護も必要としてはおらず、それでもそのイシュトヴァーンのもとに剣を捧げるために、故国ヴァラキアをも、必死にひきとめる知己をもすべてふりすててゴーラに走ったのは、おそらく、カメロン自身のなかに、かつて、イシュトヴァーンが必要としているときに、必要な愛情と庇護を与えてやることが出来なかった、という、自責の念がきわめて強かったからだろう。

だが、その後のイシュトヴァーンはますます、そんな愛情だの庇護だのを鼻で笑うだろうし、必要ともせぬようにその性格は発展していった。そのすさみようや、いっときは酒のために身をほろぼしかけていた放埒な生活ぶり、育ちの悪さゆえだとはっきりわかってしまう教養のなさや自制心の欠落、感情の激発などを見るにつけ、カメロンのなかには、ふしぎな感情がしだいに強くわきだすようになっていたのだ。

それは、（何もかもを――もう一度、ヴァラキアに、はるか昔の、早春のチチアに戻ってやり直すことが出来たら、こんなことには決してしないものを……）という、強烈な夢であった。

もう、今からでは、イシュトヴァーンの相当にゆがんだ、激烈で不安定な性格をもとに戻したり、矯め直したり、育て直すことは誰にも出来ない。イシュトヴァーン自身がとことん、その必要性に目覚めればなんとか出来なくはないかもしれないけれども、だがそれはまず無理だろうとカメロンは思っている。

（鉄は熱いうちに打てと……あれほど云われるものを……）

なんとなく、「自分がイシュトヴァーンをいまのようにしてしまった」というような、責任を強くカメロンは感じるのだ。

だからこそ、ドリアンを、この子だけはイシュトヴァーンのような、父の愛も母の愛も知らぬままに育つ子にはさせたくない、と激しく思って、なにくれとドリアンにせめて「祖父の愛情」を知らせようとそのもとを訪れたりしている。どのみちもう、生まれながらに薄倖なドリアンには、母に甘く優しく抱きしめられることも、父に愛されはぐくまれて育つ暮らしも望むことは出来ないのだ。

（ここにも、可哀想な子供が出来てしまう……）

そう思うと、しだいに年老いてきたせいか、カメロンはとみに胸がいたむ。

（イシュトヴァーンの幼いころにそっくりな……だが、しっかりした母親の愛に包まれて、グイン王のめがねにもひと目でかなうほどに、発育のよい、愛らしい、しっかりとした子供……もうひとりのイシュトヴァーン）

ブランのことばに、その影像を思い描いたとき、カメロンのうちには、はからずも、（もしも、もうひとりのイシュトヴァーンを、本来、彼がそうであれたはずのような、明るく快活な、正道を踏み外すことのない、愛情にみちあふれた幼年期から少年時代を送り、そしてすこやかな青年へと正しい道筋を踏んで送り出してやることが出来るのだったら……）という、強い願望が生まれたのだった。

（そうしたら——ああ、そうしたら、今度こそ……俺は、本当に、あの遠い昔、チチアの下町で俺が犯したさまざまなあやまちをすべてつぐなうことが出来たと思うことが出来るかもしれない。——もうひとりのイシュトヴァーンを本当に幸せにしてやることが出来たら……さまざまなあやまちや苦しみはすべて拭い去られ……俺もまた、幸せな思いで晩年を迎えることが出来るようになるかもしれない……）

いままでは、それはとうてい難しいかもしれぬ、とカメロンはしだいにあやぶんでいたのだ。もっとも、このところはイシュトヴァーンはかなり落ち着いてきてはいる。だが、それもいつまでもつかわかったものではない。ゴーラにきてからの、いやモンゴールにきて以来のさまざまなおりふしについて、思い出すにつれて、カメロンは、イシュトヴァーンという男はまるで活火山のようなもので、いまはたまたま少し静かになってはいるけれども、いったいいつまた噴火してあたりを溶岩のとけくずれる地獄にかえてしまうかわかったものではない、と思うのだった。

（それに……そのフロリーという女……）

カメロンにはまったく知らぬ女だが、アムネリスの侍女だったというけれどもミロク教徒で質素で、そしてつつましやかで、おとなしく女らしいけれども、きわめてしっかりとした、シンの強い女性だという。確かに、イシュトヴァーンにひとたび抱かれて、アムネリスにそむいたことをおのれの非として金蠍宮を単身脱出し、そして宿していたイシュトヴァーンの子供をひとりで育ててあげよう、と思うような若い女性なのだ。シンが強いには違いない。

（もしも、その女が、小イシュトヴァーンともどもにイシュタールにやってきて、イシュトの面倒をみながらその子を育てあげるという……静かな家庭、などという、イシュトのかつて持ったこともないようなものをイシュトに与えてやってくれることが出来るんだったら……)

そうしたら、イシュトヴァーンの、すさんで放埒な、ゆがんだ生活もずいぶんとおさまってくれはせぬか、と思う。

イシュトヴァーンのかたわらには、いまは、モンゴールの故フェルドリック伯爵の娘であるアリサという女がよりそっているけれども、イシュトヴァーンの言葉を信じるならアリサはイシュトヴァーンの愛人ではない。ただ、面白い女だし、身の回りの世話をする女が欲しいからおいているだけで、自分はあんな小娘に手を出すようなことはしない、とイシュトヴァーンは断言している。

それを必ずしも信じているわけでもなかったが、アリサのあまりにも色気のないようすや、これまたミロク教徒であるところからして、もしかしたら本当にそういう関係なのかもしれないとカメロンは思っている。

(今度の女もミロク教徒か。——つまりは、結局のところイシュトはそういう、おとなしくてつつましやかで戒律を守り、貞潔な——いっては何だが、アムネリスさまと正反対のタイプが好みだ、ということなんだろうな……)

だが、アリサには手を出していないとすると、たとえ一回であれ抱いて、妊娠させることになったフロリーのほうが、イシュトヴァーンの好みにはそっているわけだ。

（あいつは、これまでの人生で、一度として、本当に恋をして、その恋と愛のあたたかな感情でその相手の女と暮らしたりした、そういう記憶がないんだ……）

アムネリスとの結婚は、モンゴール大公の夫、という地位、ひいてはゴーラ王といういまの地位を手にいれるための、まったく策略づくのものだったし、それはアムネリスのほうからも最初はそうであったはずだ。だからこそそれは、いまのような悲劇に終わってしまった。それ以外では、酒だの、残虐行為だのについてはいろいろと罪状を数えあげられてしまうイシュトヴァーンだが、「女色」という罪についてだけは、相当に潔白であることは、カメロンにはわかっている。逆に、それが心配でもある。

（もしも、そのフロリーと、スーティという息子と……あたたかな家庭が築けるようになったら、イシュトヴァーンもうんと変わるだろう……）

いま、イシュトヴァーンは、パロにいってリンダ女王の心をとらえ——それが無理だったら力づくでも、リンダの愛情を勝ち得て、そしてパロをゴーラのものにする、という計画で夢中になっている。

遠い昔に、リンダとの初恋に酔いしれていたころであったならばいざ知らず、いまのイシュトヴァーンがリンダ女王にいまだに恋いこがれている、とはどうしてもカメロンには思えなかった。やはり、そこにあるのは、政略結婚の打算であったり、アムネリスのときと同じ、パロを手にいれようというための策略でしかない、と思う。それは、結局のところ、どちらをも不幸にしてしまうだけのことだろう。

（それよりも……フロリーとスーティという《家族》がついに出来たことに満足して、イシュトヴァーンが、このままイシュタールにおさまって何年かでも暮らしてくれるようになることが出来れば——平和に、おだやかに、おとなしく……）

そうすれば、ゴーラ自体もずいぶんとそのあいだに体制を立て直し、財政も危機を脱し、人的資源も充実してきて、楽になるだろう。いまのゴーラは、かろうじてなんとかかんとかあちこちから押し寄せてくる危機をカメロンの手腕だけで、綱渡り的に回避しているだけで、じっさいには、まったく立ち直る余地を与えられていない。何か、突発事態があれば、一瞬にしてまたゴーラは経済的にも、外交的にも、また軍事的にも、内政的にも追いつめられてしまうだろう。そのことは、ゴーラにどのくらい、いろいろな方向で力があるのか、ないのか、ということをもっともよく知っているカメロンが、一番よく知っているのだった。

だがむろん、ゴーラのためだけに、イシュトヴァーンにイシュタールでおとなしくおさまっていてほしい、というわけではない。そうではなく、カメロンとしては、切実に、心の底から、イシュトヴァーンには「幸せになって欲しい」と望んでいるのだ。そうしてイシュトヴァーンがずっと求めるべくもなかった家庭の幸福を得て素行がおさまり、精神状態が安定しさえすれば、ゴーラ国民も、ひいてはゴーラを事実上おさめる任務を引き受けているカメロンも幸せになれるだろう、という思いがある。

(そうなってくれたら、どんなにいいだろう。――そして、そのときこそ、《もう一人のイシュトヴァーン》が……父イシュトヴァーンのそうなりたくとも出来なかったような、両親に愛され、父の武勇をあがめ学び、母の優しさと女らしさに癒され包まれる幸せな家庭のなかで、幸福に成人してゆけるのではないだろうか……)

その夢に、ブランの報告をきいて以来というもの、カメロンはしばし酔い痴れている。おのれが夢を見ているにすぎない、ということはわかってはいるが、それでも、その夢はカメロンにはかつてないくらい、甘く、誘惑的だった。

そのためにも、じっさいにその女性が聡明でつつましやかで貞節な、イシュトヴァーンの王妃たるにふさわしい女性なのかどうか、その幼い少年がブランのいうとおりイシュトヴァーンのあとつぎたるにふさわしいしっかりとした、凛然たる少年なのかどうか――その子供が父イシュトヴァーンの愛情を独占してしまったりしたような場合、ドリアンの立場はどうなるのか……そういったことを見極めるためにも、ぜひにもイシュトヴァーンにひきあわせる前に、自分自身でその母子のもろもろを見定めたいものだ、とカメロンは思っている。

ブランからの報告はいささか手心を加えたかたちにしたが、なんとかイシュトヴァーンに納得のゆくよう報告した。ただ、その母子がいま現在どこにいるのかはまったくわからないので、いま鋭意捜索中である、とのみ話して、ブランのいったことば、パロにゆく直前にかれらと別れた、ということについては用心深く避けておいた。パロともケイロニアとも、特定の地名は一切出していない。イシュトヴァーンももとより、自分では予想もしていなかったこの話だ。カメロンにいわれたことをそのままうのみにするしかないので、べつだん不審にも思っておらぬらしい。

そうやって母子の行方をあいまいにしておくと同時に、カメロンはひたすら、サイロンと、そしてクリスタルに潜入させた間者の詳細な報告を待っていた。まずはカメロン自身が、かれらのゆくえをはっきりとつきとめ、いまの状態をつかんでから、対策をたててブランとその部下の精鋭を母子確保のために派遣しよう、と思っている。幸いにして、イシュトヴァーンはおのれのパロ奪取計画に忙しいのか、いったんは興味を示したものの、フロリー母子については、それほどしつこくその後のなりゆきについてカメロンに聞いてくるわけでもなく、時としては完全に忘れてしまっているようにも思われる。

イシュタールでは、どのみち日々対処しなくてはならぬ問題が山積になっている。カメロンはそれに追われ、イシュトヴァーンのほうはしだいにからだが直って自由に動かせるようになってきたので、長いあいだ怪我の治療のために安静にしていた空白を取り戻そうと、こんどは、乗馬や剣など、さまざまな訓練を再開し、同時にまた、それはモンゴールに遠征にゆく前から非常に情熱を注いでいた、精鋭騎士団を鍛え上げることと再編成、そしてイシュトヴァーンの命令一下自由自在に動き回れるための訓練に夢中になっているようだ。それに熱中するあまり、カメロンが朝、謁見に参上してくさぐさの報告をしただけで、あとは一日まったく顔を見ることがなくとも、早速に馬場へ出てさまざまな訓練に時を過ごして、疲れきって国王宮に戻ってきてかんたんな夕食をとり、からだを洗うのも無理なほど疲れはててたちまち寝てしまう、というような暮らしを続けていて、カメロンに「例の話はどうなった」とせっつくようなことはまったくない。

それはカメロンにとっては、時間かせぎの意味からもとても有難かった。その意味では、イシュタールには、なおもひさかたぶりのほんの少々ばかりの《平和》が確かに訪れている。

(このまま、なんとか……半年ばかり保ってくれれば御の字なのだが……)

カメロンはあれこれと考え続けていた。

カメロンの待ちに待っていた、サイロンからの報告と、そしてクリスタルからの間諜の報告が、ようやくあいついで届いてきたのは、カメロンがもっとも機転のきく、そして目端のきく、信頼できるドライドン騎士団の勇者たちを数人づつ選んで特別任務を授けて二つの都に潜入させてから、二ヶ月近くたったのちのことであった。

しかし、その結果というのは、あまりカメロンにとっては満足のゆくものではなかった。サイロンに潜入した密偵は、「グイン王は、帰国時にはまったく単身でケイロニア側からの迎えの軍勢に迎えられて帰国しており、同行していたはずのマリウス・ササイドン伯爵の姿はなかったし、また、当然、幼い子供を連れた若い母親、というような同行者もなく、その後黒曜宮にそうしたものが迎え入れられて、グイン王の周辺にかくまわれているという情報もまったくない」と報告してきた。

外交官としても経験豊富で、用意周到なカメロンは、前もって、サイロンで暮らしをたてている、いわば「地元」の人間であるものに、何人か当たりをつけてこちらに引き込むようにしており、その人間は必ず黒曜宮の内部にかかわりのあるもの、多少なりとも黒曜宮の内部事情に接する可能性を保っているものに限っている。こちらから密偵を送りつけると、その密偵はまず、そのサイロン在住の「手先」と接触し、こちらの知りたい件を伝え、そして黒曜宮内部の事情はそのサイロン在住のものに探ってもらう、という、そのような手順を踏んでいる。むろんケイロニアだけでなく、どの主立った国にたいしてもそうだ。

それゆえ、その情報はけっこうな信憑性があった。それにケイロニアの王宮はほかの国家にくらべるとずいぶんとあけっぴろげな部分があり、外国使節などにも進んで胸襟を開く気質をもっている。よほど周到に隠して黒曜宮に連れて来、誰にも知られぬようにかくまっている、ということでなければ、サイロンにフロリー母子が滞在している、という可能性は、密偵の調査を信頼するなら、かなり薄まった。

それよりも、カメロンは、「シルヴィア王妃が重い病であるとして光ヶ丘に新しく建てられた保養所に、軟禁同様のかたちで黒曜宮の王妃宮から移送された」という情報に興味をそそられた。ケイロニア宮廷、というよりもケイロニウス皇帝家のなかでも、明らかに何か異変が起きつつある、という直感があったのだ。それについては、引き続き、密偵たちに探索させてある。

しかし、ならばこれは間違いないだろうと考えていた、パロに送り込んだ密偵の報告も、あまりカメロンにとってはさい先のよいものではなかった。

「確かに、いったん、そのような母子がクリスタル・パレスに滞在していたことは本当のようで、それについてはべつだんクリスタル・パレスの使用人たちは隠し立てしなくてはならないとか、秘密裡にしなくてはならないという命令はまったく受けておらぬようです。リンダ女王がたいそうその若い女性をお気に召して、ぜひとも自分の侍女になってほしいと頼んだのを、そのミロク教徒の女性がはねつけて、子供をつれてヤガに出発していった、というかなり信憑性のある情報がありました」

パロからの密偵は、そのように知らせてきたのであった。

かつてのパロでは考えられないことだが、いま現在のクリスタル・パレスは、もう、統制もぼろぼろにくずれ、ほとんど宮廷としての厳格なかたちはとれないくらいになっている。使用人の人数も激減したので、その後にクリスタル・パレスに募集されて仕えるようになったものたちは、必ずしもパロ出身者でなくてもよくなっている。パロ出身でなくてはならぬどころか、その生まれ素性まで厳密に審査されたかつてからいったら、想像もつかないような乱脈な状態だが、それをよいことに、カメロンはおのれの信頼する女間諜をクリスタル・パレスの女官募集に応募させて潜入させたりもしていたのだ。その女官をしている間諜と、今回さしむけた密偵とがおちあっての報告であるから、それはかなり信用してよいはずだった。

（その母子は、ヤガに発った――）

「ひとつには、それは、自分たちがクリスタル・パレスに滞在していると、ゴーラの追手をパロに招き寄せるのではないか、という、パロに迷惑をかけることをおそれての出発でもあったようです。また、同じく、グイン王にともなわれてケイロニアに滞在することは、ケイロニアとゴーラに、自分たちの存在をめぐっての対立を引き起こしはせぬか、ということをも考えたようで、その意味では、パロ宰相ヴァレリウスはその女性の選択を非常に喜び、専用馬車を仕立ててヤガまで送らせるなど、たいへん親切にしたようです」

いそぎイシュタールに戻ってきた密偵の報告を聞きながら、カメロンはあれこれとまたしても思いをめぐらしていた。

ミロク教徒であってみれば、ミロクの聖地ヤガに向かう、というのは当然といえば当然なことだ。また、幼い子供をかかえ、その子を無事に、国際政治や謀略に巻き込まれずに育てたいと願うのだったら、ある程度知能のある女性なら、その状況で、ケイロニアにたよることも、ましてやいま現在まったく軍事力をもたぬパロにおのれら母子が滞在することも、確かに非常な迷惑と危険をその国に招くことだ、と理解するに違いないし、その場合、ミロク教徒であれば、「同じミロク教徒の力を借りて」というような結論になることも、ひとつの選択として当然だったかもしれぬ。

（だが、ミロク教徒のあいだにまぎれこまれてしまうと……追跡はほとんど不可能になってしまうかもしれんな……）

パロのクリスタル・パレスでは、幼い子供など、いまほとんど、うろちょろしているわけもないから、相当に目立つだろう。黒曜宮ではもうちょっと大勢のなかでまぎれられるかもしれないが、それでも、お仕着せでもなく、なにものかよくわからぬ食客の存在は目立つ。だが、ミロク教徒の町のなかにまぎれこんでしまえば、どの幼児がそれやら、どの女性がその母やら、母子などいくらでもいるのだから、見つけだすのはきわめて困難になる。

（くそ……その女、なかなかの知恵者だぞ……）

カメロンは、いまだ見ぬフロリーに、いいように翻弄されているかのような焦燥感を覚えた。

4

カメロンが、ようやく心をきめて、ふたたびブランをおのれの私室に呼び寄せたのは、それからさらに数日たった夜のことであった。

すべての公務をおえて、その日は特に宴席だの、王のもとに出なくてはならぬような用件もなく、はやばやと私邸のエリアに引き揚げてきたのだ。ブランはずっと旅と、旅の途中でかかった病の休養をはかるように命じられていて、これがひさしぶりの伺候であった。

「どうだ、体調のほうは。だいぶん、戻ってきたか」

たずねたカメロンに、だがブランのほうは、いたって元気そうで、旅のあいだのばし放題にしていたひげもきれいにあたり、剃り落としていた眉もすっかりのびて、眼光するどく油断のない、俊敏なカメロンの右腕の姿を完全に取り戻していた。こざっぱりと清潔な衣類を身につけて、見るからに元気そうだ。

「もう、戻ったもなにも、万全もいいとこですよ、おやじさん」

意気のほうもいたって軒昂としていた。

「休んでろといわれたから、しょうことなしにうちにいましたけど、やることもねえし、酒も飲めないし、退屈で退屈で。いや、飲めば飲めるのはご存じでしょうが、あまりにひでえ腹下しだったんで、それからあまり用もねえのに大酒は飲まないことにしてたんでね。――一回ワンと飲んだくらいで、サムエルはケイロニアにいっちまったし、話し相手もいなくって。からだがなまっちまいそうで、一人で走ったり木剣を振ったりしてましたよ」

「なんだ、そんなに元気だったのか。だったらもっと早くに飲みに呼び出してやりゃあよかったな」

「そうですよ。みんなして病人扱いしやがって、もうとっくに直ってるっていうのに信じてくれねえし」

「ま、大事をとるにこしたこたあねえさ。だいぶん、ひでえ状態だったときもあったようだからな」

カメロンは云った。遅い夕食がてら一杯やろうという口実のもとに呼び寄せたので、カメロンの居間のテーブルの上には、それなりの御馳走と酒のつぼと杯が並んでいる。

「ま、一杯飲め」

「何杯でも、いただきますよ」

「大きく出やがったな。またいろいろと、旅のみやげ話を聞かせて欲しいんだが——その前にな」

カメロンは、ブランの杯に酒を手づから注いでやりながら声を低めた。

「ようやく旅の疲れが癒えてきたところをすまねえんだが、また、任務を頼みたいんだがな」

「ようがすよ。それが俺の仕事なんですから。いくらでも、どんな難儀な仕事でも喜んで。また、パロへ？」

「いや」

カメロンの声はさらに低くなり、カメロンは、ブランに、近くに寄れと手招きした。

「行く先は——ヤガだ」

「ヤガ。へえ」

「例の母子は、パロにゆかせたコーエンの報告だと、そのまま滞在してるとパロに迷惑がかかるのをおそれ、といってケイロニアにゆけばケイロニアに迷惑がかかるのを避けて、グイン王一行がケイロニアに戻ってゆくのと相前後して、ヴァレリウス宰相の仕立ててくれた馬車でヤガに向かった、というんだ」

「ほう」

ブランの聡明な目が、考えこむように宙を見つめた。

「本当は、そうたてつづけにお前をこき使うのは気が咎めるし――体調を崩して戻ってきたことでもあるしな。また、俺のほうも、お前がそばにいてくれると何かと助かるんで、あまり長いこと、遠っ走りの仕事ばかりさせたくはねえんだが、今回ばかりはお前でねえと埒があかねえ。もし、ヤガで、普通の町人たちのあいだにまぎれこまれちまったら、顔を知ってるお前でねえと、見分けなんかつかねえだろう」

「そうですね。そりゃそうだ。もちろん、行ってきますよ。ってことは、フロリーとスーティ王子を今度こそ取り戻してこい、ってことですね」

「そういうことだ。今度は、ドライドンどもを、お前の連れてゆきたいだけ、連れていきたい奴を全部連れてっていいぞ。そのくらい、今回は何があろうと親子を手に入れたい」

「わかりました。ちょっと考えさせて下さいね――といっても、行き先が問題ですね。行き先が行き先だからなあ、めったに大勢連れていったりしたら、かえって目立ってかなわねえだろうな」

「そうなんだ。俺もそれが心配でな。なにせミロク教徒の町だし、寄りつくのはみんな巡礼どもばかしだろう。だが巡礼どもはみんなミロク教徒だ」

「ミロク教徒ってのがこれがまた、とても独自のやりかたや礼儀や、やりとりの順序なんかが決まってる連中でしてね。それは、フロリーさんと旅をしてて、よくわかりましたが。だから、ウーム、ヤガそのものにもぐりこむとなると、これは、ちっとばかり、その前ににわか勉強が必要かもしれませんね」

「お前、巡礼に化けるつもりだな」

「そりゃ、ヤガに入って自由に動きまわろうってんだったら、それっきゃねえでしょう」

「なるほど、さすがブランだ。そのあたりの回転が速くて助かる」

カメロンはあおるように、ブランの杯にまた一杯注いだ。

「だが、だとすると、あまり大勢は連れてゆけねえだろうな」

「ええ、特にいかにも騎士だ、って感じの連中はね。俺の知る限りじゃ、もちろん騎士や職業軍人のなかにも大勢ミロク教徒はいるんでしょうが、そもそもミロク教ってのは、戦うことを原則として禁じてますから、職業軍人がミロク教徒だってのはありえねえことなんでしょう。というか少なくともあまり歓迎されない。だから、わりといかにも軟弱な、ひょろひょろしたのや、女子供が多いからな……といって、そんな連中、ドライドンのなかにはいませんしねえ」

「多少はいねえこともないだろうが……難しいな」

カメロンは笑い出した。

「それをいったらそもそもお前だよ、ブラン。お前が一番、ミロク教徒に見えないぜ」

「これについちゃ、グイン陛下が使われた口実がなかなかよかったですから、あれをそのまんまパクってもいいいな」

ブランは笑った。

「陛下は、あのとおりの外見ですからね。でけえマントのフードをずっとあげたままでいて、業病にかかってミロク教に帰依して、傭兵をやめたもと軍人がヤガに巡礼する、っていうことにしてたんですよ。俺ももう、血のにおいがしみこんでるだろうから、いまさら軍人をやったことはねえなんてふりは出来ませんし、そもそも歩き方でもなんでもわかっちまいますから、やっぱり、もと傭兵だが、あまりに人を殺して世をはかなんでミロク教徒になって、それで一生にいっぺん罪を洗い流すためにヤガに巡礼するんだ、ってことで……でも、全員がそうだったら、やっぱりおかしいだろうな。百人ばかり連れて――五十人でもか。それでも充分変でしょうね。そいつらがいっせいに罪を悔いてミロク教徒になった、なんて話は、なかなか信用してもらえそうもないや」

「そりゃそうだ」

「やっぱり、ヤガの様子がわかるまでは、途中まで連れてって、そこで待たせておくっていう、こないだと同じかたちが一番いいんだろうな。それなら、でも、百人くらいは連れてったほうがいいかもしれませんが、でも百人とまとまったのがヤガの近所でごろごろしてたら、こないだは国境地帯だからよかったけど、今度は町なかだから目立つだろうな。ヤガのまわりってのも、俺の知る限りじゃ、このごろではだんだん、ヤガの郊外に住み着いてるミロク教徒が増えてきて、相当にぎやかになってるようだし。といってあまり遠くに待機させとくと、いざというときにものの役に立たねえし」

「そのだんどりや采配は無責任なようだが、ブラン、いっさいお前にまかせるよ。お前にならまかせといて間違いはねえからな」

「そういっていただくのは、このブラン光栄ですが……」

ブランはちょっと複雑な表情をみせた。

「しかしこの俺にそうやってお声がかかるからには、フロリーさんとスーティ王子を取り戻すのは……陛下のほうには、内密ってことっすね？」

「まあ、そういうことだ。だがずっと知らせないつもりはない。——連れて戻ったら、まずイシュタールに入る前に伝令を走らせて一報してくれ。俺のほうはその前に、安全に母子をかくまう場所を見つけておく」

「……わかりました」

ブランはいくぶん心配そうな顔をしながらもうなづいた。

「おやじさんが、あんまり危え橋を渡らないでくれればいいが、って思うだけですよ。——でもまあそんなのは俺の心配するこっちゃありませんが。陛下には、まだまったく何も知らせてないんですか？」

「いや、もうひとり王子がいた、ってことだけは知らせてあるよ。そのあとは、俺の潜入させた部下——つまりお前だがな、それが戻ってきたら詳しい報告をする、といってあるだけで、まだ報告してねえんだ。つまり、陛下的にいうと、お前はまだ戻ってきてねえことになる」

「それが、イシュタールに戻らないまんまでまたヤガへいっちまった、ってことになればいいわけだ。おっと、ヤガっていう行き先がわかっちまっちゃまずいのか」

「いや、ヤガにいることがはっきりしたら、かえってこっちはきちんと報告出来ると思うんだがな。その前に親子の身柄は俺が押さえておきたいが——パロにいるってことになりゃあ、陛下はパロに使者を出すか、自分がゆくかしたがるだろうし、ケイロニアだったらもっと話がややこしくなる。——だが、ヤガも、展開しだいじゃ、けっこうまずいな」

「そのうち、ヤガのほうがまずいことになるんじゃないですかね」

ブランは聡明な目をきらりと光らせた。

「いま、ミロク教徒はどんどん増加してるようですし。それに、もし、ゴーラ王がゴーラの騎士の大軍を率いてヤガにおしよせたりしたら、そりゃもう、全世界各地のミロク教徒どもとけっこうもめちまいますよ」

「そんなことにはさせねえさ。俺も一応ミロク教については、多少のことは知ってる。

だがどうも最近もっと違う発展のしかたもしてるようだから、また斥候も入れようと思ってたところだが、あれだけ閉鎖的な集団だから、そのなかに近づくにはよほどうまくやらねえと――それに、うかうかふれて、何かまずい反発をくらうとな。やっと、モンゴールの内乱がおさまってきたところなんだ。こんどは、モンゴールからゴーラから、各地にいるミロク教徒の集団に蜂起されたりしたら、目もあてられねえよ」

「蜂起、はしねえんじゃねえですかね。なんたって、武装はしない、いっさい殺人もしない、戦わない、殺そうとするやつがいたら大人しくミロク様をとなえながら殺される、という連中なんだから」

「そういうやつばかりならいいが、昨今、ミロク教のなかみもじりじりと変わりはじめているようだ、ってことも、俺は耳にはさんでるしな」

カメロンはちょっと渋面を作った。

「どうも、ヤガってのも俺からみると、いやなところに逃げやがったな、って感じなんだがな。ミロク教てのは、以前からヴァラキアにはちらほらいないわけじゃなかったが、あんまりかかわりあいたいとも思わなかった。そもそも船乗りにはあんまりいなかったし、船乗り仲間にしてえような連中じゃあなかったからな。だが、いまとなってみると――いま、イシュトヴァーン陛下のおそばづきをしてる女ってのも、これはモンゴールの貴族の娘だが、これがまた、ミロク教徒でな」

「デビ・アリサですね。知ってます。モンゴールのフェルドリック卿の遺児でしょう」

「そう、それでこのフロリーって女もミロク教徒だってことは、陛下はもしかすると、ミロク教徒の女が好きなのかもしれねえんだが……」

「でもまあ、まさか、当人がミロク教に帰依するってこたあないでしょうね」

思わず、ブランは低く笑い出した。その考えは、あまりにとてつもなく思われたのだ。

「あれだけ、云っちゃあなんですが、戦争と殺人の好きなおかただ。とうてい、ミロクの教義とは相容れないと思いますよ。それに、それでずっと押し通してきた陛下が、万一にもミロク教にはまって、方向転換されたりしたら、それこそ、これまでの復讐に、ゴーラはいっせいにあちこちから叩かれて、たぶん三月ともたねえでしょうね」

「まあ、そこまでゆくとは思わねえんだが……」

また、カメロンは眉をしかめた。

「だがとにかく、いまのところ陛下にかかわりのある女が——アムネリスさまはまったく別としてだが、二人ともミロク教徒だってのは確かなことだ。そういえば、陛下がヴァラキアにいたころ、親しくしてたのが、その後パロに留学して結局パロの参謀長になったヨナ・ハンゼ博士で、これはチチアの石屋のせがれだったたって話を陛下からきいたことがあるが、この一家がまた全員ミロク教徒で、その一家をめぐるもめごとにまきこまれて、当時の陛下はいろいろ大冒険をしたのしないのって話を、飲みながら聞かされたことがある。——つまり、どうも、もしかすると、陛下は……イシュトヴァーンは、ミロク教には興味がないわけじゃねえのかなあ……まさかな」

「ミロクの教義にってわけじゃなくて、ミロク教徒に興味がおありなんではないですかね。連中はおとなしいけど不屈だし、不戦だけれど信念は固いってわけで、ちょっと、陛下にはあまり周囲にいないような連中でしょうからね。それで、物珍しいといったら失礼ですが、目新しいんでしょうかねえ」

「チチアにいたころからだから、目新しいってこたあもうねえはずだがな」

カメロンは考えこみながら云った。

「一方であまりに荒くれた、殺伐とした戦いの日々をしか送ってこなかったから、一方でそういう救いの宗教にひかれる——なんてこともあるのかなあ。あいつに関するかぎりは頭のなかがどうなってるのか、頭のなかで何が起こってるのか、よくはわからねえからなあ。だが、まあ、ともかく、もし陛下がミロク教にはまって、ゴーラ全体をミロク教にかえようなんぞとしはじめた日にゃあ、大変な大騒ぎになるだろうよ。それこそ、上を下への、だな。また、ゴーラには、部分的にはどうかわからねえが、それほど——アルセイスやイシュタールには、まだミロク教ははびこってねえようだからな」

「そうですねえ。クムとかが多いようですからねえ」

「クムとミロク教ってのも、どうもまるきり相容れないはずじゃねえか、って思えて、俺にはぴんとこねえんだけどな」

　カメロンは苦笑した。

「ま、あまりに正反対だからかえってひかれる、ってこともあるのかもしれませんよ。そういうところもあるのかもな、ってのを俺は見てきましたからね、クムで。――タイスの剣闘士なんかでも、ミロク教のやつがいましたし」

「その場合は、ミロクの教義には違反しないのか、その剣闘士は」

「決して血を流さない、殺さない剣闘士、ってんで、有名だったんですよ」

　懐かしむようにブランは云った。カメロンはうなづいた。

「お前には、ぜひひとつ――フロリー母子、特にスーティ王子を手にいれてほしいだけではなく、このさい、ヤガに深く潜入して、ミロク教についてもよくよく探ってきてほしい、ってのが俺の希望だ。これはまったくの俺のカンなんだがな、ブラン」

「はい」

「このあとは……たぶんこれだけじゃすまねえぞ」

「というと……」

「ミロク教ってやつは、このままじゃすまされねえだろうってことさ。このあと、だんだん、全世界にじわじわ、じんわりとはびこって、浸透してくるんじゃねえか、っていう予感が、俺はしている。こういう俺の直感だの、予感てやつは、わりとよくあたるんだ」

「そりゃもう、おやじさんのカンがよくあたることは、俺ら海の兄弟が一番よく知ってますよ。まったくまだ雲ひとつねえ空を見上げて、まずい、ブラン、嵐がくるぞ、っていわれて——みんな、まさかと思ってたのに、その半ザン後に一天にわかにかき曇って、大嵐になって——急いで港に入っていたオルニウス号が助かり、そのまんま航海を続けたよその船が沈んだことを、いまだに覚えてますからね」

「ありゃあ、まあ、空が喋ってくれるからだがね」

カメロンはまんざらでもなさそうに云った。

「だが、それとは別のただの直感てやつも、ときにはけっこう当たるみてえだ。この先、ミロク教ってやつ、ミロク教徒ってやつらは、だんだん中原に深く入り込んで、はびこって、思いもかけねえところにあらわれて火をふくか、花を咲かすか——それはわからねえが、だがたぶん、何かかっかは起きそうな気がするぞ。ミロク教をめぐってな。——それを考えると、いまのうちに、俺はもっとミロク教についてよく知っておきたい、とも思うんだ。だから、戻ったばかりでまことにご苦労だが、ブラン、お前をさしむけるのさ。本当はお前にはもう、俺のかたわらにいて、俺の相談役で右腕をつとめてもらいたいんだが、今回はまた、相手の顔を知ってるのもお前だけなら、これだけの任務をうまくやりとげられそうなのも、お前のほかにはいねえからなあ」

「そんな、云って下さらなくとも、おやじさん」

ブランは照れたように顔をこすった。

「なんでも、御命令のままですよ。おやじさんは、俺の永遠の船長なんだから。――じゃあミロク教についてなるべくたくさん探りながら、フロリー母子を、しかも陛下には知られないようにイシュタールに連れ帰る。今回の任務はそれでよろしいですね」

「ああ、完璧だ」

「そしたら、ちょっとだけ、用意の日数を貰えますかね。俺は、さっきいったように、ミロクの巡礼に化けないととうていヤガには入り込めねえだろうと思うんで……ちょっと知り人をたどって、ミロク教徒を探して、あれこれ講義してもらい、ミロク教徒のしきたりや礼儀作法を身につけますよ。そのさい、俺と一緒にヤガに入り込むやつを三、四人選んで、そいつらにも一緒に身につけてもらう。でもって、潜入組は完全に巡礼としておかしくねえくらいまでミロク教徒になりおおせて、それから出発したいんですが」

「どのくらいかかる。その準備に」

「そうですね。その講師になってくれるやつさえ見つかれば、まず、五日ももらえたら全部の準備はすませますよ」

「よかろう。その間にこちらは路銀だの、用意はすませとく」

「百人の人選はおやじさんにおまかせしていいですかね。俺がそれをやってると時間が食われて勿体ねえから。潜入するやつだけ俺のほうで選びますから、それ以外に、まあ無事にブツを見つけ出して連れ出してから護衛してくれる連中についちゃ、おやじさんが選んで下さい。ドライドンの連中なら誰になろうと、俺はそれで異存ありませんから」

「なるほど、わかった。じゃあ選んで編成しとこう」

「フロリーさんとスーティ王子がもし万一、本当にはヤガにいったってのは目くらましで、ヤガにいなかったらどうしますかね」

「俺も引き続きサイロンとクリスタルに密偵を送り込んで、続けて内情を探らせ、どちらにも確実にいないかどうかを探偵させとくよ。それと同時に、ほかでもそのような親子の情報があるかどうか、それなりに探らせとくが、こっちはあまり期待しねえでくれ」

「ヤガでは見つからなかった場合、我々遠征部隊独自で捜索を続けて、見つけるまで戻らないことにしますか。それとも、日限を切っていったん報告に戻りますか」

「何人か残して探し続けさせて——まあ、半数だな。でもってお前は残り半分を率いていったん様子を報告に戻ってくれ。もちろん、その間、なるべくまめに連絡がとりたい。お前に一年の上からもあけられているのは、ドライドン騎士団には痛手だからな。何ヶ月もかかるようだったら、誰か交替要員を差し出すようにするよ。とにかくいったん戻って、ミロク教徒についての詳しい報告を貰うことにしよう」

「わかりました。じゃあ、一応日限は三ヶ月くらい、ってことですか。ここからヤガまでの時間を考えると、ちょっと短い気もしますが。あちらでも相当探し廻らなくてはならないでしょうしね」

「じゃあ、まあ、四〜五ヶ月ってことにするか。顔を知ってるお前が、ヤガという限られた場所をそれくらい探しても見つからねえようだと、ヤガにいない公算も強いだろうからな」

「さもなきゃ、いるにはいても、はっきりと身を隠しちまってるか、あるいはどこかに監禁されたりして、おもてに出られねえようになってるか。——ま、わかりました。あとは臨機応変でやりますよ。とにかくでも、おやじさんになるべくまめに連絡を入れるようにします。飛脚便でも、また、何人かをイシュタールに戻らせるんでも」

「それから、ひとつあるんだが」

カメロンはさらに声を低めた。

「俺がイシュタールをはなれてどこかへ動いた、あるいは、イシュトヴァーン陛下が俺を連れてか単身兵を率いてか、どちらにせよ、ゴーラにそういう大きな動きがある、というときには、そういう連絡の使者がきたら、とりあえずいったんすべての捜索をやめて、まずイシュタールに戻ってこい。使者が俺の居場所をはっきりさせたような場合には俺のいる場所のほうへ戻ってきてくれればいい。そのときにはおそらく、俺ものんびりと隠し子の王子を探してるどころじゃあなくなっちまうだろうからな。なるべく、こちらのようすもまめに知らせるから、いつもの通り、はたごの『置き手紙』の仕組みもかかさず利用してみてくれ」

「わかりました。おやじさんの動向に気を付けて動いてればいいんですね。それと、イシュトヴァーン陛下の」

「ああ。俺がもしイシュトヴァーン陛下ともどもパロにゆくようなことになったら、即刻お前にはパロで俺と合流してほしいんでな。頼んだぞ、ブラン」

「わかりました。なるべく早く、吉報をおやじさんのもとに届けられるようにしますよ」

「ああ。吉左右を」

「おまかせ下さい」

「頼むぞ」

「心得ました」

第二話　湖畔にて

1

いつのまにか——

世界には、うららかな春の日が訪れていた。もっとも、中原のこのあたりから、より南方にかけては、必ずしも四季のうつりかわりはそれほどまざまざと激しい、というわけでもない。パロには目立った雨季、というものがほとんど存在しないし、気候の変化も、基本的にその振幅があまり大きくない。

だいぶんパロよりも北方に位置するケイロニアでは、冬は長く、きびしく、寒さがことのほかきびしくて、だからこそ短い春の訪れ、輝かしい短い夏が待望されもするのだが、パロでは、四季折々に咲く花の種類こそちがえ、基本的には、ケイロニアでいえば春、秋に該当するような、おだやかな気候が一年を通して続いている。

むろんそのなかで、パロの人々にとってはそれなりに、季節のうつろいは存在しているし、また同じパロでも場所によって、その四季の感覚は少し違う。ことに、パロ南方のカラヴィアなどは、かのダネイン大湿原をひかえている、という特殊な地理的な条件もあって、パロ北部とはずいぶんと気候が違っている。

とはいえ、それは基本的には、おだやかで、過ごしやすい気候をもつ地方であることは疑いがない。クムもおおむね同じようなものだし、ゴーラは南部に限ってはそのようである。北方の大国とよばれるケイロニアにせよ、パロ国境に位置する、最南端のワルスタットなどは、あいだにワルド山地がそびえているので若干気候の違いはあるものの、かなり気質的にも、文化的にも、また気候的にもパロの影響を受けている。

そして、さらに、ダネイン大湿原をわたり、その南にひろがる広大な草原地帯をこえてゆけば、どちらかといえば亜熱帯に属する気候をもつ沿海州と、海岸地方が存在している。ゴーラのイシュトヴァーン王、その宰相カメロンが生まれた海の国ヴァラキアをはじめ、海によって暮らしをたてる沿海州連合の諸国、また大きな国家はないけれども、海岸地方に点々とふりまいたように成立している、小さな自由都市の数々は、みな、この亜熱帯の、冬らしい冬を知らぬような、温暖というより少し暑いほうにかたむいた気候のなかから生まれてきたのだ。何よりも、そのあたりでは、広大な母なるレントの海もあり、またその気候でゆたかに実る木々や花々もあって、たいていのことでは、人々は、飢えることがない。貧しくても、働く力をもたなくとも、海に出て魚をとり、木々や草のゆたかな果実や葉っぱや花々を採集していればなんとか最低限、生きてはゆける。

そしてこれが、さらに、レントの海を南下した、南方諸国になってゆけば、それこそ、まったく働かずとも海にいくらもいる魚をとり、耕さずとも勝手に実る木の実を集めて平和に楽しく生きてゆける、地上の楽園となって、そのあたりに多い黒い肌の人々を養ってくれる。さらにそこから南下してゆけば、突然氷雪の極地が登場してくる、というような言い伝えもあるが、そこまで下る船はなかなか造られず、またそのあたりの海にはさまざまな怪異があると語り伝えられ、南のはて、また北の果てのこの世界の本当のすがたについて知るものはこの時代にはまだ少ない。

だが、いずれにもせよ、いまは春であった。

見渡すかぎり東西南北、あらゆる方向へむかって蜘蛛の巣のようにはりめぐらされてのびているかに見える赤い街道の、どの先のほうにもうらうらと霞がたち、空気がもやもやとけむってみえる。木々は冬から春にうつりかわるときにだけ、パロ周辺にも多い恵みの雨をたっぷりと受けて、青々と新芽、若葉を芽吹き、早い花はもう木の枝につぼみをふくらせ、いくつかは開きそめている。

動物たち、昆虫たちももう、子供を産み、卵を産んで、新しいいのちがあちこちに息づいている――それは、街道をゆく、おのれの用件に気を取られている隊商たち、巡礼たち旅人たちにはなかなか見えないけれども、しかし、世界にさまざまな新生の息吹きが満ちみちていることは、誰の心にもおのずと何かの新鮮な空気を吹き込むものとみえて、どちらからどちらへ向かう赤い街道にも、いちだんと元気を増しておのれの商売や、信仰や、用件のために旅するものたちの姿がことのほか多くなってきている。春は、また、そうした羇旅《きりょ》の季節でもある。

この時代の旅は、王侯貴族や富豪ならばさておき、もっぱら一般人民は自らの足に頼るしかない。飛脚や伝令使、早馬などがそのかたわらを馬をとばして過ぎてゆくほこりを蹴立てられながら、ごく普通の人々はひたすら歩く。隊商たちは大きな馬車、荷車を馬にひかせて荷物を運ばせ、近在から都市部へ野菜や特産品を売りにゆくものたちは、ろば《コーコ》にひかせた荷馬車の上に山とさまざまな荷物をつみあげ、ついでに自分もその上に腰掛けて、のどかにろば《コーコ》を操る。

むろん乗合馬車や、金持ちが乗って旅する豪華な四頭立ての馬車もある。また、宿場ごとの貸し馬制度もあるし、水利の便のいい都市であれば、当然小舟が交通機関をつとめる。だが、このあたりはまったくの内陸である。そして、この街道は、パロの首都クリスタルから、まっすぐ南下してマルガを経由し、カラヴィアからダネイン大湿原をわたって草原地帯に入り、そのあとはランガートを通る西街道を選ぶか、それともチュグルを通る東街道を選ぶか、いずれにせよリャガから草原の大国アルゴスの首都マハールを経てアルカンドへ下るか――それとも沿海州の中核部であるヴァラキア、イフリキア、アグラーヤなどを目指すのだったら、マハールまではゆかず、リャガからトルース国内を突き抜けてスリカクラムを目指して海岸線に出、そのあと海岸にそってのぼってゆけば、そこにミロク教徒の聖地ヤガ、アムラシュ、最近ミロク教徒に併合されたと伝えきくマガダがある、ということになる。

もちろんそれだけではなく、街道はいくすじもあるし、いまはあまり使われていない脇街道もある。なかにはサルジナからチュルファンを抜け、天山ウィレン山地を抜けてゆく、などという離れ業のようなルートもあれば、アルムトからドラス連山をこえてゴレンを経由し、まっすぐにアグラーヤ領内に入る、沿海州めがけのルートもある。それに自由都市にせよ、いまあげたような大きな、それひとつで人口が何十万にもおよぶものもあるような大都市だけではない。レントの海岸線にそって、ごくごく小さな村、町、独立国をあえて名乗っているちっぽけな自由都市さえも、まるでゴマをふりしいたように点々と尽きることなくあるのだ。そのあいまには、まったくひとけのない、けわしい岩場が続く海岸線がずっとつらなっている部分もある。草原も、沿海州もまた、充分すぎるほどに広大な、それこそそれぞれに中原全体に匹敵するほどに広大な地域であるのだ。

ただ、草原にはいくつかの国家があるけれども、沿海州には、せめてアルゴスに匹敵する程度の大きな国家も生まれてはこなかった――草原の国家にせよ、アルゴス、トルース、カウロスがそれぞれに相当にはなれてばらばらに存在しているだけで、中原のように国が「たてこんで」はいない。それは、もともとが家や国に帰属する習慣をもたない、放浪の騎馬民族が主体となって作り上げたのがこれらの草原の国々である、ということもあるし、だが、それでもそうやって国家が成立してくれば、定住可能なことを発見したものは定住の安定感を選んで定住してゆき、それに耐えられぬ、根っからの騎馬の民の気質の強いものはそれらの国々からはなれて古来どおりの暮らしを続ける――という、草原の民の特殊な国民性のゆえでもあるだろう。草原の民がそうやって放浪生活を気儘に送るためには、非常に広い草原が必要なのだ。

沿海州のほうの事情はもう少し違う。沿海州はもともと、レントの海の海岸線にそって細長くのびている。それぞれに、場所によって、大きく地形も違い、したがって気候もかなりかわってくる。大きな岬に守られた入り江のあたりと、けわしく岩が切り立っている断崖が続くあたりとでは、当然ながら海の表情もまるきり違う。なだらかな砂浜が続くところもあれば、ジグザグに切れ込みの入った鋭い海岸線が続く場所もある。

それらの地形の違いによって、とれる魚や、またふさわしい漁業のやりかた、操る船のかたちもちがう。――それで、もともと、沿海州の漁民たちは、それぞれの漁場や、地形や、気候によって、おのれの小さな縄張りを守り、大事にしてきたのだ。けわしい地形で近海に好漁場を得ず、大きな船で遠洋漁業に乗り出さざるを得なかったところもあったし、波のおだやかな良港が続いてその周辺の漁民を裕福にしてくれたところもあった。

それらのさまざまな小さな違いを大切にして、かれらは、それぞれの《ふるさと》を大事にはぐくんだ。その結果が、それぞれにきわめて性格の違う小さな自由都市、小さな国家たくさんの成立になったのだ。

そして、それのひとつひとつがごく小さく、すべてを統合するような巨大な勢力があらわれてくることはなかったがゆえに、沿海州諸国は、より巨大な草原の国家、さらに巨大な中原の強大国に対して身を守れるよう、その小さな、力弱い国家や自由都市どうしで手を結び、連合をつくり、それが「沿海州連合」となった。そこにはかなり大きな国であるアグラーヤやヴァラキアも、国家というにははばかられるただの力ある自由都市でしかないライゴールも含まれるが、沿海州の諸列強は、そのなかでのちょっとした強さを使って他の都市や小国家を次々と従えて大国を作り上げてゆく、ケイロニアの成立のような方法をとるかわりに、どのような小さな都市にも、それなりにこの近隣では大きな国家にも、ひとしく「一票」の決定権しか与えない、という選択をして、長いあいだ、この「沿海州連合」によって平和を保ってきたのだ。

だが、いま、その沿海州連合と、それにつらなる、レント海岸ぞいの諸都市にも、少しづつ、異なる風が吹き始めているようではあったのだが……

しかし、ここはまだパロ、沿海州ははるかに遠い。

その、うららかな春のパロ中南部を、ゆるやかに、南をさして、ということははるかな沿海州をさして、下ってゆくいくつもの隊商、旅の団体がある。また、むろん、クリスタルめがけて北上してゆくものの数も同じほど多い。ようやく、内戦で叩きのめされ、手ひどい打撃をうけたパロ国内も、あちこちがじわじわと回復に向かいつつある。なかなか完全には景気は回復しないが、それでもまるで瀕死の状態であったほんの半年前に比べれば、ずいぶんと荷物をクリスタルに運び、またクリスタルから地方へ商品を持ってゆく商人たちのすがたも増えた。

それにつれて、このところ増加しているのが、はるかにダネインの大湿原をこえ、草原をこえて、海辺の聖地をめざす、ミロクの巡礼の集団である。

ミロク教徒がこのところ、めっきり増加している、というのは、あちこちでちょっと目立ちはじめて、ひそかに話題になっていることでもあったが、それが事実である、というのは、この赤い街道、ことにはるかなレントの海ぞいへとつながるルートにものの半日も目をさらしてみればすぐわかる。まだ、その団体はひとつひとつの人数はそれほど多くはないが、その数そのものは、かつてなら一ヶ月で見かける程度の数が一日で数えられてしまうくらいには増えた。そういったら少し大袈裟すぎたかもしれないが、このしばらく、たぶんパロの内戦のいたでもあり、それによって身内を失ったり、商売が不可能になって世をはかなんだものも多いのかもしれない。それらのものが、救いをもとめてミロク教徒となり、浄土を求めてミロクの聖地ヤガへ旅する——という、そのようなケースが、このところだいぶん増加してきているようだ。もっとも、もともとパロではそれほど大勢のミロク教徒がいた、というわけでもなかったので、それが急にそんなに増えたといったところで、もともと多い地域に比べれば、まだまだ小勢力、というところだろう。

だが、それでも、たとえばものの十年前に比べたら、驚くほど、毎日赤い街道を聖地ヤガにむけて巡礼の旅にたってゆくミロク教徒の、ことに巡礼をするものの特徴ある、黒いフードつきのマントすがたはずいぶんと増えてきているのはまぎれもない事実だった。

ミロク教徒たちは、決して道のまんなかを歩かない。いつも謙譲に、頭をさげて、黒いフードとマント、腰にサッシュベルト、胸にはミロクのしるしである上に円形のガラスの入ったミロク十字のペンダントをさげて、つつましやかに一列、多い巡礼団でもせいぜいが二列になって、ひとの邪魔をせぬように、粛々と歩いてゆく。先頭にはたいてい、その巡礼団のリーダーをつとめる屈強の男が、先端にミロク十字をつけた杖を持って立ち、からだの弱いもの、病人、女子供、老人を群れのまんなかにおくようにしてしんがりにはまた屈強のものが入って、そうして、一切口をきかぬまま、ミロクの聖句をとなえながら、静かに歩いてゆく。

そして、宿に到着しても、一切の文句をいわず、また酒も飲まず、きびしく戒律を守るものたちは肉も食わないいし、むろん女遊びをしたがるようなこともなく、朝は早起きして宿をたち、その前に室も、廊下までもきれいに掃除してゆくし、金離れもよい、ということで、全体に、街道ぞいの宿では、ミロク教徒の巡礼は、決して評判が悪くない。もっと古くは、そのすがたが気味悪がられて「ガーガー」と呼ばれているようなこともあったが、ミロク教の教義がどのようなものであるか、ということがしだいにひろまってきた昨今には、だんだんそういうこともなくなった。もっとも、もともとパロでは、そのような黒マント、黒フードのすがたといえば魔道師で見慣れていた、ということもある。

魔道師とミロクの巡礼の見分けは、知らぬものにはつかぬほどだ。基本的には魔道師は胸に水晶の占い珠をかけ、腰には麻縄をよりあわせた紐をしめている。巡礼は革のベルトや、同色の布のサッシュベルトをしめているし、首からかけているのはミロク十字のペンダントだ。だが、じっさいには、魔道師とミロクの巡礼では、なかみは天と地ほど違う。これほど違うものがあろうか、というほどにも、違っているのだ。だが、いままでのところ、魔道師たちとミロク教徒たちは、たがいにまったくちょっかいを出し合うことはなく、かかわりあわぬようにすることで、互いの縄張りを守っている、ともいえる。

そのささやかな巡礼団が、サラミスを発って、とりあえず、風光明媚なマルガへと南下をはじめたのは、ほんの数日前であった。気候もよし、街道の両側の森林にはあざやかな若葉が萌えだし、ことにマルガのような、代々保養の場所として使われたような場所に向かう旅には、最高の時期である。

通常、ミロクの巡礼団は大きければ三十人から五十人ばかり、なかには百人をこえるものもあるが、小さいものはそれこそ一人から、十人どまりのものもある。この巡礼団は、クリスタルを出たときから、二十五、六人の、どちらかといえば女と老人の多い、まずは小さなほうの巡礼団といえた。サラミス発の巡礼団であるから、当然、その構成員のほとんどはサラミスの住民である。

だが、そうやって旅を続けてゆくあいだに、一人で巡礼の旅に出たものが、一人旅の心細さにたえかねて、「合流させていただきたい」と頼んでくる、それも街道ではごくありふれた風景だ。

そして、このようなとき、ミロク教徒たちは絶対に、それを断らない。よしんば、そのものが相当にうさんくさく見えようと、ミロクの慈悲にすがる者同志として、助け合いの精神こそがミロク教の真髄とされているから、金がないものなら同行のものたちが金を出し合って助け、からだが悪いものなら、まわりの屈強な健康なものたちが、肩を支えたり、ときには背負ってやったりして、そうやって無事つつがなくヤガへ巡礼させてやる、というのが、ミロクの巡礼の鉄則になっている。ミロク教の最大の教義のひとつとして、「ひとを助けるものは、自らを助けているのである」というミロクのことばがあり、ひとに恩恵をほどこすことは、ひとを救っているのではなくて、自分自身の後世に善根をほどこしているのだ、といわれているからだ。だから、感謝のことばひとつ期待せずに、ミロク教徒たちは同胞を助けようと争って手をさしのべるのである。

同時にまた、ミロク教徒たちは、決して争わぬ、闘わぬ、殺さぬ、ということを金科玉条にしているので、どのような物騒な場所を通るときにも、決して武器を携行しない。金を出せといわれれば「あなたは、奪るのではない。私があなたに差し上げるのだ」といって有り金を残らず差し出し、それでも相手が殺そうとするならば、ミロクの聖句をとなえながらじっと目をとじて殺されながら、自分を殺す相手の罪をミロクよ許したまえと祈る——というのが、ちまたに流布されていて、いささか不気味がられている、ミロク教徒のありようである。

その青年が、この小さな団——それを率いるのが、サラミスの篤農、オラスであるゆえに、「オラス団」と自称することになっている総勢二十五人ばかりのささやかな巡礼団に、「この先、こころもとない地域が続きますので、御一緒にヤガまで同行させてはもらえませんか」と礼儀正しく、ひっそりと申し出てきたのは、マルガのはずれ、赤い街道がこのさきダネインに向かって下ってゆこうという、南マルガの小さな宿でのことであった。

その青年は年のころは二十三、四歳、ほっそりとごく痩せていて、色白、黒髪に黒い瞳、物静かで、いかにもミロク教徒らしい温厚な態度物腰を持っていた。聡明そうな光をたたえた澄んだ瞳、顔立ちもなかなか整っていて、理知的というのが一番ふさわしい。欲をいえば、美青年というにはあまりに痩せすぎている。もうちょっとだけ、顔に肉がつけば、申し分のない美形ともいえるだろうに、この若者はまるで、ものを食べる、ということを忘れてしまったかのように、ほほ骨がくっきりと目立つほどに、頬がこけ、目の下にも心労の隈が目立ち、そしてもともと骨細らしい手足にも、余分な肉というものが一切ついていないかのようにみえる。

ごく少しばかりの手荷物だけを持って、その若者は、そのような団を探して、ずっと南マルガのその宿に逗留していたらしかった。

団長のオラスはサラミスでは名の知られた、きわめて敬虔な信仰あついミロク教徒であったから、むろん、その依頼を拒むことなど、考えもつかなかった。

「よいとも、よいとも。ミロクを信ずるものはみな兄弟、同胞、はらからであります。して、どちらからおいでなすった？」

「私は、クリスタルから参りました」

痩せた青年は静かに答えた。

「おお、クリスタルから」

「はい。幼少のころからミロク様にお仕えして、いつか一生のうちに必ずヤガ詣でをはたしたいと念願していたものが、このたび、勤め先よりついにお許しが出ましたので、矢も楯もたまらず単身飛び出してここまで参りました。しかしこの先、道がまったく不案内でありますのと、カラヴィアの森林では多少物騒なこともあると聞き及びましたので、多少、気持がひるみ――それもまた、ミロクさまのみ教えに照らしますと、よろしくないことではございますが――どなたか、私のような若輩者でも、お仲間に入れて下さる御親切な巡礼団が通りかかるまでここで待っていようと考えて、もう半月あまり、ここに逗留しておりました」

青年の口調はごく静かで、ひっそりとして、しかも明晰である。教育も充分に積んでいることが察せられる。オラスは、この若者にすぐ好意を持った。

「それは、難儀なことでありましたろう。もちろん、御一緒にヤガまで参りましょう。われわれはみなミロク様に魂をお預けしたものどうし、何もご遠慮はいりませんぞ。わしはこの団の団長、サラミスのオラスと申す百姓であります」

「よろしくお導き下さい」

若者は、ミロク教徒の正式の、先達への礼をとって、両手をあわせ、両方の親指を額のまんなかにつけて、オラスをふしおがんだ。

なにごとかとオラスの回りに集まってきたものたち――オラスの老妻や、娘たちや、またサラミスの農民仲間の老婆や老爺など、老人と女が多かったのだが――も、そのさまをみて、若者がごく篤信のミロク教徒であることをすぐに察し、同じようにミロクの合掌を顔にあてて、若者を迎えいれる態度を示した。何人かまわりにいた女性たちはことに、痩せすぎではあるけれども、まだ若くてなかなか二枚目のこの青年が団に加わることを、内心ひそかに喜んでいるようすだった。

「そのお若さでもうヤガ巡礼に出られるとは、よほど信心堅固な」

オラスのかたわらにいた、オラスの老妻のヴァミアが皺深い顔を満面の笑顔にしながら手をさしのべた。

「わたしらは一生働いて、ようやっと死ぬまでに一回でいいからヤガへいって、ミロク様の御本拠を拝み、ミロク様のために御奉仕しようという決心がつきました。それじゃのに、あなたはそのお若さでヤガへ発たれようとは、まあ、本当に感心な」

「いえ……そのような感心なものではございません」

いかにもきっすいの、生え抜きのミロク教徒らしく、青年は内気そうな、おだやかな微笑みを浮かべた。

「好奇心――といったらよろしいでしょうか。なるべく早く、ヤガの光景をこの目で見てみたかったのです。クリスタルでは、さまざまなうわさも出ておりました。ヤガのようすについて……そのどれが一番正しいのかも知りたかったし、それに、他の土地のミロク教徒の皆様がどのように信仰生活を送っていられるかも、とても興味があったのです。ヤガにいったら、誰もがなさることですが、そこで当分、自分でも出来る仕事を見つけて働きながら、ヤガで最低二、三年は暮らすつもりです。そうしてミロクのみ教えを自分がしっかり身につけるよう、勉強し直そうと思っております」

「おうおう。それはまた、お若いのになんとも立派な」

もう、この青年にすっかり好意をよせたヴァミアが云った。

「お前たち、ちょっとこちらにおいで。――あのな、このはねっかえりが、うちの一番下のむすめのルミアでございますよ。そのとなりが、長男のオロス。そうしてそのとなりの赤ん坊をかかえているのが、長女のカリアで、赤ん坊は一年前に生まれたばかりのユエ。カリアの亭主が、まだ三十にならぬ若さで、大工だったのじゃが、仕事中に屋根から落ちて亡くなりましてねえ。カリアもすっかり沈んでしまったので、みんなでヤガに巡礼にいって、亡くなった亭主のミロの魂を慰めよう、ということで団を組んだところ、近隣の同じミロク教徒の皆さまが、そういうことならぜひ我々も一緒にゆこうということで……わしらはサラミスの郊外の、リチアという小さな村のものなんじゃが、そのリチアが半分くらいからっぽになってしまうくらい、大勢で、ぞろりぞろりとサラミスからやってきたんでございますよ」

「初手から何をべちゃくちゃしゃべりまくってるんじゃ」

オラスは苦い顔をした。

「自分ばかりそのように喋って、……さんが……ええと、その」

「ああ、申し遅れました」

青年はひっそりとした笑顔を見せた。

「私、クリスタルの下町、アムブラで苦学しながらミロク様の信心を続けておりました、アムブラのヨナと申します。どうぞ、今後とも、よろしくお導き下さい」

2

むろん、それは、ヴァラキアのヨナその人であった。

たちまち、新来の、それも若くいかにも学もありげな、なかなか端正な参加者に喜んだ団中の女達がむらがってきて、ああでもない、こうでもないと話し出したり、自己紹介をしようと先を争ったりするのを、ヨナは穏やかに、丁重に、微笑みながら受け流していたが、その内心は、これで今夜が南マルガのこの宿もようやく最後となるのだ、という思いのほうで一杯であった。ヨナは、自分を入れてくれるのにちょうど手頃な団を探して、もう一ヶ月近くも、マルガに逗留していたのであった。最初はマルガに、それから、マルガではおのれを見知ったものが多いと悟って、わざわざ少しはなれた南マルガまでまた下ったのだ。

もとより、クリスタルからも出ているあまたの巡礼団に参加しなかったのは、クリスタルでは、もと参謀長、王立学問所教授、ヨナ・ハンゼ博士の名もふうていも、人相まであまりに有名で、知らぬものがほとんどいなかったからであった。クリスタルのミロク教徒の大半は、ヨナはとてもよく知っている。

それらのよく知っている同胞の組む団に入ってヤガにいっても、少しも悪いことはなかったのだが、ヨナは逆に、自分のことなどまったく知らぬ人々の団に混じってヤガを目指したほうが、いろいろな本当に知りたい情報を手にいれる機会は増えるだろう、と考えたのだった。それで、単身クリスタルを出たヨナは、あれこれと考えたすえ、マルガ経由のルートを選び、マルガにまず下った。ひとつには、まず、さまざまな仕事におわれてまだ一回もきちんと詣でていなかった、マルガの湖のなかの小さな島にもうけられている、アルド・ナリスの墓に参りたかったのだ。

ヴァレリウスはもともと、ヨナがこのさきどのくらいとも知れずクリスタルをはなれてしまうこと、さほど武芸が達者なわけでもなく、それどころかミロク教徒であるからたたかうことなど禁じられている身で、はるかなヤガを目指すことには大反対であった。そもそもの最初から、大反対どころか、「考えられない」と言い続けていたのだ。

「あなたがいなくなったら、私は誰に相談したり、知恵を借りたらいいんだか」

ヴァレリウスは困り切ったていで何回もヨナを止めた。

「それに、グイン陛下もサイロンにお帰りになったし、フロリー親子も発っていって……ますます、女王陛下は孤独におなりだよ。それはまあ、確かに、ヤガの実態を探ってきてもらえれば、私としても都合がまんざらよくないこともないが、しかし、そのために――そんな危険な密偵のような役目をつとめるには、あなたはもう、重要人物でありすぎるよ、ヨナ」

「そんなことはありませんよ」

ヨナはこれまた、ひとたび決心をしてしまうときわめて強情に、何回でもその反対意見を繰り返した。

「私は実際にはもう参謀長も退いていますし、いまは何の公務にも正式にはついていないはずです。いまこそ、私は自由に行動してもいいのではないかと思っていたのですが。それに、リンダ陛下には、とりあえず当面アル・ディーン殿下がおそばにおいでになりますから……」

「云っては何だが、あの人がいたところでいったい何の役にたつというんだ」

ヴァレリウスは思わず呻いた。

「とにかく、いまのクリスタルには、本当に悲しくなるほどに人材が払底しているんだぞ……それだというのに。いや、確かに、あなたの話をいろいろと聞いた限りでは、ヤガで何か起こっているらしいということも気になるし――そこにいってフロリー親子がどうなったかというのも気にはなるが、しかし、だからといって……あなたがまさか、直接にヤガにゆくというような、そんな無謀な決心をするとは……」

「それが論理的必然であり、もっとも論理的な帰結ではありませんか」

ヨナはいささかたしなめるような口調になった。

「前にもお話しましたが、ミロク教徒は意外と排他的です。それに、戒律もいろいろとあり、ミロク教徒でないものが、ミロク教徒をよそおうことはとうてい、一朝一夕には不可能です。そして魔道師に対してはミロク教徒はきわめて反発を持っています。――だから、ヴァレリウスさまがヤガの実態をさぐり、フロリー親子の安全を確かめたい、と思われるなら、私がゆくしかないし、同時にそれは、私にとっても、気になる知人たちの安否を確かめるために一番よい方法だと思うのですが」

「それは、そうかもしれないが、しかし……」

「大丈夫ですよ。とにかく、もしもミロク教がこれまでと基本的に変化がないようでしたら、私が潜入したとしてもヤガほど安全なところはありません。誰も、ひとを傷つけたり、殺したりすることを禁じられているのですからね。だがもしそれで私が何か危険な目にあうとしたら、それこそ、ミロク教が大きく変質してしまっている、ということです。そうだとするとそれこそ、こののちのミロク教がいったい中原にとってどのような存在となってゆくのか、何をたくらむのか、それを我々は真剣に探り出さなくてはならぬ必要がある。私はそう思いますよ。だから、いまは特にパロに何か問題が起きている時期でもないし、また、さいわいにして先日の代表団訪問で、ケイロニアがパロのうしろだてに立ってくれる、ということも確約できた。パロはいまが一番そのままにしておいて安全な時期ではないかと私は思ったのです。だから、ヤガに発つならばいまだ、と思ったのですがね」

「それは、そうかもしれないが、しかし……」

「さきほども、まったくそれと同じことをおっしゃいましたよ、ヴァレリウスさま」

ヨナはおかしそうに指摘した。

「それしか云えなくなってしまわれたかのように。——いずれにもせよ、ディーンさまがあまり相談相手にはならないとしても、ヴァレリウスさまは本当はそれほどお困りにはならないで御自分で全部決められるんだし、それに、私はもうもともと、参謀長もやめましたから、本来は何もクリスタル政府の決定にくちばしをさしはさめる立場ではないんです。このあとは、クリスタルがおさまるにともなって、また王立学問所に戻り、もともとやりたかった学問の道に戻って、象牙の塔に閉じこもってひっそりと暮らそうと考えていたのですから。そうなれば、クリスタル・パレスに伺候することもめっきりと減ってしまうでしょうし、それに……」

「どうしても、行くつもりなのか」

不本意そうにヴァレリウスは云った。

「止めてもムダだ、ってことなのかな。あなたは、見かけよりずっと強情だからな。それはまあ、言い出したらきかないだろうってことも、わかってはいるんだけれども…

……」

「私がヤガにいって、いろいろ探り出してくれれば、おそらくそれはヴァレリウスさまにとっても、おそろしく役にたつことになりますよ」

ヨナは指摘した。

「このあと、おそらくミロク教というものは、中原にとってはなかなか重大な要素としてひろがってくるんじゃないかと私は予想しているのです。ヴァレリウスさまとも、以前に話し合ったときには、ヴァレリウスさまも同じように考えていられた、と思ったのですが」

「いまでもそう思ってはいるが、しかしそれとこれとは……」

「同じですよ。ヤガに密偵として潜入するのに、私よりふさわしいものはありません」

「あなたは、あの、なんといったかちょっと忘れてしまったけれども、あなたの憎からず思っていた女性を探し出したいんだろう」

ヴァレリウスはいささか憎らしげに云った。

「本当は、その私情が一番なのじゃないのか。密偵なんていう任務にあなたがそれほど熱心になるとは思えないものな。といってフロリー親子を庇護することにあなたがそこまで熱心になる理由もないし」

「ラブ・サン老人の娘のマリエのことですか」

ヨナは何の動揺もみせずに云った。

「確かに、気になってはいますよ。でももう一度申し上げておきますが、マリエ嬢は、ただ私は感じがいいきれいな女性だなと思っていただけのことで、婚約していたわけでも、恋人だったわけでも、愛をかわしていたわけでもありませんよ。それは、ヤガにいって、かれらの無事を確かめられればとても嬉しいと思いますが、もし、ラブ・サン老人とマリエが、そのまま平和にヤガで暮らしていて、とても平和で満足しているのでクリスタルの知己のことなどまったく忘れてしまって、クリスタルに戻ることなどもう全然念頭にはないのだ、ということになったら、私は、マリエと結婚してヤガで暮らそうなどとは夢にも思いません。私はそのままとっととクリスタルに戻ってきて、もとどおり王立学問所で研究ざんまいの日々を送りますよ。それが、私の、一生の願いですから。ナリスさまのいろいろとやりかけておられた研究を完成させること、ナリスさまの業績を——学者としての側面だけですけれども、それをちゃんと伝記としてとどめておくこと、そして自分自身の研究をもちゃんと完成させて、いつの日か王立学問所の泰斗となること——私の最大の野望はそこにしかありません。まかりまちがっても、ミロク教のなかで偉い人になって、大司祭だのと名乗るようになってヤガで権勢をふるいたいなんて、思ってもいませんから」

「そういってもらえると——少しは気が休まるかもしれないが、しかし……」

「どうしてです。いまは、クリスタルにはとりたてて何の問題もないし、もしあったところで、私のような若輩者がひとりいるかいないかが、そんなにヴァレリウスさまのお手助けになるとも思えませんし。私が、数ヵ月クリスタルを留守にしたところで、何も問題はないばかりか、それでフロリー親子の消息が知れ、さらに最近のミロク教の実態がつかめれば、これはパロにとってもなかなかよいことだと思うのですが」

「なんとなく、いやな予感がするんだ」

ヴァレリウスはちょっとためらいながら云った。

「どうしてもとそこまであなたが云うからには、私がとめたところでどうせ出立してしまうのだろうから、だとしたら、その旅立ち前に、あまり不吉なことをいうのは私の好むところじゃないし……私は魔道師であって、占い師じゃないからね。占いはもちろんある程度するし、信じてもいるが、一方では私は魔道師だから、魔道の力で占いの卦などというものは簡単に左右出来るのだ、ということもよく知っている。魔道師で占いをやるようなものはみな、占いの目を自由自在にあやつって、ひとを動かすすべをも学んでしまっているからな。——だから、不吉な感じだの、いやな予感だの、というものをそんなに信じてあなたの旅立ちを邪魔しようというわけじゃない、やはり、あなたがクリスタルにいてくれないと私がとても困るのだ、ということが一番なのだが、それにしても……」

「いやな予感ですか」

だが、ヨナは笑おうともせずにきわめて真面目に問い返した。

「それは、私に何か起こる、ヤガに出かけた先でなにかあって、私がもうクリスタルに戻ってこないだろう、というような予感ですか。それとも、私のいないあいだに、クリスタルに何か異変が起きるのではないかという、そういう不吉な予感なのですか」

「そのどちらだか、あるいは何が起きそうかなど、そんなにはっきりと感じとれるようだったら、私は魔道師をやめて占いで身をたてるようになってる」

ヴァレリウスはむっつりと答えた。

「なんだか、ただやみくもに、不吉な、というよりもいやな感じがしているだけなんだ。なんとなく地平に黒雲がひろがってくるような、不吉な気持が胸をしめつけるというか……でも、それが何を意味しているのかは全然わからないし、また、あなたがとても論理的にいろいろなことを決めたのだろうということは、疑う余地もないし……まあ、どうしてもというのだったらもう本当に私にはとどめるすべがないが、せめてなるべく早く戻ってきてくれ、と頼むしかないな。本当に、いまのクリスタルは人材不足が極限まで達してしまっている。このままでは、それこそ私が宰相から宮内大臣から大蔵大臣、司法長官にパロの軍事参謀まで、何から何までひとりで兼任してしまうほかはないようなありさまになってしまう。――私はそんなに決して何でも出来る人間でもなければ、そんなに有能でもないし、そもそもそんなこと、やりたくもないんだ。本当をいったら、あなたにパロに残っていてもらって、私がヤガに潜入したほうが、ずっと楽しいだろうと思うよ。私は本当は、ただの魔道師で、つねに現場にいるほうがずっと楽しい人間なんだ」

その、ヴァレリウスのことばは、いまだにヨナの耳に残っていたが、だが、ヨナはあえてそのヴァレリウスにしばしの別れを告げて、ひっそりと単身クリスタルを発ってマルガに向かったのだった。リンダ女王には、直接いとまを乞うてゆけば、おそらく否まれることが明らかであったので、ヨナは女王には何も告げずに、ヴァレリウスの斥候の用により、ということにしてもらって出発し、無事戻ってきてからすべてを話すことにしたい、とヴァレリウスに告げていた。確かに、いまやもう、リンダ女王のかたわらに残っているのは、日々の用をつとめる名もない女官だの、小姓だのといった使用人たちのほかには、おもだったものとしてはヴァレリウスとヨナ、それにアル・ディーン王子がいるだけで、あとはうら若い聖騎士侯アドリアンとあらたに聖騎士侯となった何人かの若者たちのほかには、本当にクリスタル宮廷を構成する貴族たちも、ほとんどまともには揃わないくらいだったのだ。

ヨナの出発よりもかなり早く、グイン一行がサイロンに発っていってほどもないころに、リギア聖騎士伯がクリスタルを出発していったのだった。それはだが、かねがね予想されていたことだったので、リンダもあまり気にとめなかったが、フロリー親子の出発は、ことのほかリンダを寂しがらせたし、ここでヨナがいなくなれば、リンダにとっては、またしても、もうクリスタル・パレスには、ヴァレリウスくらいしか頼るものが存在していなくなってしまうのも確かであった。

だが、ヨナ自身は、自分が残ることがそんなにリンダに有用であろうとはまったく思っていなかったし、それに、マルガに参ってアルド・ナリスの墓参を果たす、というのもまた、ヨナがずっと、ナリスの墓がマルガに出来て以来念願していたところであった。リンダも、ヴァレリウスも同じくそうしたがっていることはよくわかっていたが、いまのクリスタル宮廷では、その三人が宮廷をそろってあけるようなことはほとんど出来なかったし、また、三人が代わる代わるにマルガまで下って墓参りをしているだけの金銭的な余裕、人員的な余裕もなかったのだ。それほどに、パロは逼迫した状態が続いていたのである。

（このままだと、パロはどうなってしまうのかな……）

マルガまでは、六、七日ばかりで到着した。ヨナは孤独な行動に馴れていたし、本当はそのほうがもっとも好きであったので、乗合馬車だの、ましてやいまのヨナの立場であればそれを仕立てさせて当然な自分専用の馬車などまったく用いずに、こつこつとクリスタルから歩いてマルガ街道を下っていったのである。

魔道師であるヴァレリウスのように、《閉じた空間》を使ってあっという間に到着出来るわけではなかったが、ヨナはその静かな単独行を楽しんだ。もともとが孤独性の人間であったし、それに、このところずっと、クリスタル・パレスのなかで重要人物としてあれこれの政務にたずさわらなくてはならなかったことに、本来一介の学者にすぎないヨナはかなり疲れていた。

それに、マルガ街道はヨナにとっては、ことのほか思い出深い道であった。——ヴァレリウスであったら、なおのこと、ことにマルガが近づくにつれて何を見ても、何をきいても、あふれくる思い出にただひたすら涙を誘われたに違いないが、ヨナにとっても、いくたびとなくマルガ離宮に通い、その美しい薄倖なあるじに会ってはさまざまな物語をかわした、思い出の道であった。

季節もそうして旅するには最高である。さわやかな風と、連日の暑すぎもせず、寒すぎもせぬ好天を楽しみながら、ヨナは味わいつくすようにしてマルガ街道を歩いたが、やがてマルガ市内が近づいてくるにつれて、いやでも、いまだにマルガに復興の日は遠く、戦乱の爪痕が深い、ということは気付かざるを得なかった。

過ぎた内乱でもっとも大きな痛手を受けたのは、クリスタルのほかには、森林地帯のカレニアと、そしてマルガにほかならなかった。クリスタルはレムス軍とナリス軍とのたたかいにいくたびとなく引き裂かれてぼろぼろになっただけではなく、アモンの陰謀にまでかけられて、ランズベール城は炎上して廃墟となり、カリナエも廃墟同然となり、広大なクリスタル・パレスにもほとんど人が半分以下になってしまうほどの打撃を受けていたが、それでも、いまのところ復興の中心になっているのはむろん首都クリスタルであったから、とりあえずリンダ女王の居城の周辺だけはなんとか修復されてもいたし、ランズベール城のがれきはいまだそのままにされて手がつけられない状態であったが、クリスタル・パレス中心部は一応がれきも取り片付けられ、建物も修復され、花々もなんとか元通りに近いすがたを見せ始めていた。

だが、森深いカレニアでは、実際にカレニアが戦場になることはなかったものの、カレニアの若者たちの実に七割以上が、このたびの内乱で命を落としたり、重い負傷をおったりしていたので、そういう人的被害はカレニアがまさに最大であるということだった。カレニア衛兵隊が一番ナリスに忠実でもあったし、また、全滅に近いいたでをこうむった部隊も数多くあったのだ。

しかしここマルガは、カレニアとは逆に、マルガ市民も大勢死傷しはしたが、そこで戦ったのはすなわちカレニア衛兵隊であったり、ナリスの親衛隊やマルガ義勇軍であったので、カレニアほどの莫大な犠牲者は出さなかったかわり、マルガそのものが戦場となったがために、受けたいたではきわめて大きかった。マルガ離宮はイシュトヴァーン軍に踏みにじられて、いまだにまったく修復のめどがたたなかったし、マルガ市内もまた、イシュトヴァーン軍の狼藉と掠奪とにさんざんな目にあって、それからもう一年半を数えるいまとなっても、まだとうてい復興したとは云えなかった。

むろん以前のような、死に絶えてしまったのか、というほどの惨状からはなんとか脱してきてはいたが、それでも、最愛のマルガの領主を失ってしまったこともあって、マルガ全域が、いまだにまるで瀕死の状態、といった印象を与えた。久々にマルガに戻ってきたヨナが最初に胸にいたく感じたのは、かつてのあの活気にあふれ、そして美しい風光を誇った、みやびやかな保養地であったマルガが、すっかり生気を失い、活力を失い、町には商品もなく、人々は力なく路面に座り込んでぼんやりと時のたつのをただやり過ごしている、そのような、いまだに戦争直後かと思わせるような無気力さであった。

ひとつには、クリスタル政府そのものがきわめて打ちのめされて力を喪っていたので、まずはとりあえず首都クリスタルを復興させるのにすべての精力をそちらに注がねばならず、マルガは「当面あとまわし」になっていた、ということもあった。むろん、ヴァレリウス宰相はなんとか壊滅同然の打撃を受けたマルガを復興させようと、リンダ女王の意をも受けて、出来るかぎりの援助をマルガに与えようとはしてきた。だが、そのパロ政府そのものがもう、財政的に破綻しかけているような悲惨な状態だったのであり、そのなかから、クリスタルを復興させ、カレニアを慰撫しつつ、なんとかマルガの復興にまで手をまわそうとするのは、並大抵のことではなかった。

それでも、ヴァレリウスが「マルガ基金」をもうけてなんとか、ナリスの墓どころをリリア湖内の孤島にもうけることで、マルガに金をおとして潤わせ、同時にマルガの人人に仕事と、そして愛敬するナリスの墓を守る、という、生きる目的を与えようとしたことは、マルガにとって意味のないことではなく、それがなかったらおそらく、マルガの人々は絶望してマルガを次々にはなれたり見捨てたりして田舎へ去ってゆき、マルガはほどなくしてまったく無人の廃墟とさえなりはてていたかもしれぬ。

だが、それでも、その工事だけは辛うじてとりあえずは完成したものの、離宮はまだ荒れ果てたままだったし、そもそも、それをきれいに修復して、ふたたび離宮としての役目をつとめさせようという気持は、リンダにはなかった。そこは、彼女がナリスとの短い、辛いことのほうがはるかに多かった結婚生活を送ったあまりにも思い出の深すぎる場所であり、そしてまた、イシュトヴァーンによって踏みにじられて最終的には夫の早すぎる死につながってしまった、恨みの場所でもあった。

それに、マルガ離宮が懐かしいふるさとのように親しく感じられるのは、そこで育ったナリス、ディーンの兄弟とリギアであって、クリスタル・パレス育ちのリンダには、マルガ離宮への、ナリスたちのような親しみはなかった。そこにはただ、ひたすら悲しみと苦しみの記憶だけしかなかったのだ。それゆえ、そこを一刻も早く修復して、おのれがまた、離宮として使おう、という気持には、まったくリンダはなれなかったのだ。

もし、いまのパロがふんだんに使える金と人的資源があったとしてさえ、マルガ離宮を再建するためにそれを使うよりは、リンダはおそらくカリナエの復興のほうに使いたがったであろう。

ヨナは、単身マルガに入り、その目にうつるマルガがあまりにもまだ荒廃しているさまに心をいためながら、ひっそりと、誰ももう近づくものもない無人の離宮におもむいて、そこに持参した香華をたむけ、知るかぎりの祈りを捧げた。ヨナのあまたの親友たち、カラヴィアのランたちもまた、この内戦で命を落としており、マルガの攻防で死んだものも多くいた。それゆえ、ヨナにとっては、白亜のマルガ離宮は、まるでそれ自体、うらみをのんだ巨大な墓石のようにさえ思われたのである。

亡きものたちとさまざまに対話をかわし、ことばを投げかけながら、「ただひとり生き残ったもの」としてヨナはそっとマルガ離宮のなかを祈って歩いた。恐れは感じなかった。ミロク教徒であるヨナにとっては、死後の世界とそこにすまうものたちはむしろちかしいものなのである。ただ、弔われずにそのままになっている、戦死者たちの霊魂のゆくすえが、ヨナは案じられてならなかったのだ。

そうやって、香華をたむけ、後生を祈りながら、ヨナは何日かをマルガ離宮の周辺で過ごした。それから、リリア湖の中の島にひっそりとたたずむ、アルド・ナリスの墓所にもうでるために、小舟の船頭を雇ったのだった。

3

（あれは……なんと遠い日々になってしまったことだろう……）

実際には、レムス－アルド・ナリス内乱の凄惨な日々から、まだそれほど長い時間が流れたというわけでもないし、ナリスが死去してから、まだ二年とはたっていない。

だが、あまりにも衝撃的な出来事の連続であったせいか、ヨナにとっては、ナリスの悲劇的な死から、もはや十年かそれ以上も時が流れたようにも感じられれば、また、それはまったく、つい昨日のことだった、というようにも感じられることもあった。

（ナリスさま……）

ヨナが雇った小舟は、ものの二十タルザンとはたたぬうちに、ヨナを湖中の島へと運んだ。小舟に待っているように言いつけておいて、ヨナはゆっくりと、小さなささやかな桟橋に足をおろし、そこから両側に小さなイトスギが植えられた、白い敷石がずっと敷かれている道にそって、その向こうに建てられている、小さな白亜の祠へむかっていった。

それは、ナリスが「もし自分が死んだら、そこに葬ってくれ」とかねがね望んでいた、小さな湖中の島であったが、正式のアルド・ナリス廟としては最終的には、マルガ離宮を取り壊してその跡地に壮大な寺院が建設される予定にはなっていた。ナリスを故人の希望どおりマルガに眠らせたい、というのは、リンダをはじめ、ナリスを愛したものたちすべての悲願になっていたので、パロが辛うじて平和を取り戻すと同時に、いったんサラミス公の力をかりて葬儀を行うべく、サラミスに運ばれていたナリスの遺骸は、このマルガに運ばれ、リリア湖の湖中の島に安置されることになった。

だが、いまのパロにはとうてい、本来のナリスの地位や功績に見合うだけの立派な墓所を建設するだけのゆとりがない、ということもあり、またとりあえずマルガに戻ってきたナリスの奥津城に詣でたい、と願うものたちもあとをたたなかったので、当面の仮の安置所として、ナリスの遺体をおさめた大理石の棺をこの島に運び、小さな白大理石だけで作られたかりそめの、だが充分に端正で美しい祠をそのまわりに建設して、そこをナリスのとりあえず眠る場所とさだめたのだった。

いずれ、マルガが復興してくれば、いま計画されている壮大な寺院はもとの離宮あとにアルド・ナリス聖王廟として完成され、そしてマルガはその門前町、それを守るものたちが住み、聖王アルド・ナリスを慕う者がひきもきらずその御霊をなぐさめにもうでる町としてあらたな使命を持って行くことになるだろう。だが、いまのマルガ、またパロの様子では、それが完成するのはいったいいつのことになるのか、あと十年かかるか、二十年かかるか、もっと先になるのか、何も見通しがたたない。それほどに、いまのパロはまだ、まったく、とりあえずの寄せ集めでなんとかかたちをつけ、とりとめて国家のかたちを保っている、というだけの、ばらばらなぬけがらでしかない。

(ナリスさま……参りましたよ……)

ヨナは、誰もいない静かなその小島の小さな廟を見上げながら、そっと心中に、なきひとに囁きかけた。ここにくるためには、わざわざ小舟を雇って湖を渡らねばならぬから、このような平日の昼間などに、ここまできている酔狂な人間は、ヨナのほかにはまったくいない。かつてのナリスの側近、小姓、近習たちが、申し出て墓守りの任務をかわるがわるつとめ、花とよい香りをことのほか愛した人の墓に季節ごとの花々と香華をたやさぬように、毎朝新鮮なカラム水をそなえ、生前とかわらぬほどに仕えているときくが、それもいまは湖畔の小さな宿舎に戻っているのだろう。小島はひっそりとして、無人のようであった。

(早く参りたい、参りたいと思いながら……とうとう、野暮用にとりまぎれて、こんなにも遅くなってしまったことをお許し下さい。――でも、ヴァレリウスさまなどは、おそらくもっと切実に、おいでになりたいと思っているはずです。しかし、ヴァレリウスさまのお立場ではいっそうそれも難しい……それとも、夜中に、《閉じた空間》を使ってひそかにもう、とっくに何回もここを訪れられているのでしょうか？　ナリスさまの生前に、よくマルガへそうしておられたように……）

むろん、いらえのあろうわけもない。ただ、白亜の小さな廟を守るように、その後ろにぎっしりと梢をのばしている木々の葉が、湖上を渡ってくる風に吹かれてさらさらと鳴るばかりだ。

もともとこの小島は、ナリスが愛してときたま使っていた、ごく小さな別墅が建てられていたものであった。その別荘はいまは取り壊され、その建材を用いてこの廟が作られた。いまのマルガには、またパロには、あらたな建材を諸方に求めてゆくだけの財力もないのだ。いつまた、パロにかつての栄光と繁栄が戻ってくるのか、それもいまとなっては見当がつかぬ。リンダ女王は必死につとめてはいるが、いかんせんまだうら若い女性の身であるし、政務への何の経験も、教育もない。あがけばあがくほど、パロの状態は、なかなか復興に向かうことが難しいようだ。だが、リンダに私淑するパロのものたちは、リンダの必死の努力に対して、あえてそのような過大な要求をかけようともせず、国民も、また宮廷のものたちもみな、辛抱強く、給料が遅れようと、食物が不足しようと、物資がなかなか手に入らなかろうと、我慢して待ち続けている。

だが、いつかは、リンダの努力がわかっていても、あまりにも窮乏が続けばどこかから、不満のあまりの火の手があがらぬものでもない。それをヨナもヴァレリウスも何よりも恐れていたのだが——

だが、いまはもう、そのような雑念はいっさい、ヨナの脳裏からは消えていた。

「ナリスさま」

まわりに、誰もおらぬことを確かめ、ヨナは、ゆっくりと白大理石の小さな聖堂の中へ歩み入っていった。墓守りらしい、老人らしいもののすがたがちらりと外側に見えたが、ヨナをそれと見知ってか、すぐにぱっと聖堂をとりまく生け垣のあいだにすがたを隠してしまったようであった。

ヨナは、湖畔の店で手にいれた、ナリスがことのほか愛していたルノリアの花束を手にして、ゆっくりと聖堂の奥へと歩み入っていった。といってもいまはルノリアの季節ではない。花束、というよりもそれは青々と葉を茂らせた枝の束で、それだけではあまりに寂しく思われたので、やはりナリスが好きだったロザリアの青い花をそれにそえてもらっていた。

聖堂のなかは、薄暗く、ひんやりとして、しーんと静まりかえっている。もとよりここには生者はいまひとりもいないのだ。いるのはただ、ヨナと、そして、はかないいのちであったパロの聖王その人のなきがらだけにすぎない。

パロには火葬の風習はない。死者たちは、重たい大理石の棺か、むろん庶民はもっと手軽な石の棺、木の棺におさめられ、なるべく深く掘った地下の穴蔵におさめられて、その上から重たい大理石のフタがされる。そしてそのフタの上に、生前のその墓の主を偲ばせるような墓標、あるいは石像などがたてられるのが、貴族のとむらいの風習だ。

この聖堂の手前のほうには、聖なる教会さながらに、両側に木のベンチがずらりと並べられ、まんなかの通路の正面にあたるところに大理石の三段ばかりの祭壇がもうけられていた。しだいに小さくなってゆくその壇の一番奥の最上段に、両手をひろげてひっそりとこちらにむかってほほえみかけている、白大理石で刻まれたサリアの女神の像がたっている。そのサリアの女神は長いゆたかな髪と両側にひろげた背中の羽根とをもち、顔はあたうかぎりナリスを連想させるように刻みつけられていたが、何分にも、にわか仕立てであったので、それほど素晴しい芸術品というわけでもないし、そもそも、男性であり、パロの聖王であり、パロに平和と独立をまがりなりにもとりもどすきっかけとなった雄々しい軍神でもあった人に、愛の女神サリアの像というのはいかがなものかとヨナにさえ思われた。が、これは、残念ながらあくまでも本当の聖王廟が完成するまでの、かりそめの建築で、このサリア像とても、マルガにあった、富豪の依頼で途中まで完成していたものを、リンダが頼みこんで、何も聖王たるひとの墓にしるしがなくてはと無償で譲り受けて、そのあとに石工に頼んでナリスのおもざしを少しでも連想させるように顔を刻み直してもらっただけの間に合わせにほかならなかった。

「このようなところに……このようなかりそめに眠られて……」

一番奥まで通路をゆっくりと歩いていったヨナは、壇の一番下にもうけられている祭壇に、そっと花束を手向け、持参した香華に火打ち石で火をともして、祭壇の両側にある香台にうつし、そっと両手をあわせた。たちまち、ひんやりとしずまりかえっていた聖堂のなかに、ナリスの好んだ没薬の異国ふうな、よい香り――だが一抹の妖しさをも孕んだ香りがたちこめる。ヨナはまた、ふところから、ナリスに手向けようと思って持参した小さなびんに入れたカラム水を、取り出して花束のわきにそっと供えた。

「ちゃんと、カラム水は、甘くして参りましたが――お好みのように熱くするわけにゆかなかったのをお許し下さいませ」

ヨナは祭壇の手前に用意されている、詣でる者が祈るための膝つき台に膝をついた。そこには分厚い絨毯がしかれており、何人かがそこで一度に拝礼が出来るようになっていた。

「お寂しくはございませんか？――ここではお話相手もございますまい。――本当は、わたくしなり、ヴァレリウスどのなりが、ここで暮らして、朝に晩に、香華をたむけ、お話相手になれれば一番よろしいのでございますけれどもねえ」

ヨナは低く、生きているものに話しかけるようにして、サリア像にむかって囁きかけた。むろんそのかりそめのサリア像に、いかなる意味でも、ナリスの霊魂が宿っている、などとは思わなかったけれども、しかし少なくとも、その像の下、この祭壇の下のフタをあげて下っていった穴蔵のなかに、ひっそりとナリスの棺が眠っているということはまがうかたない事実であった。

「とうとう、わたくしまでも、クリスタルを離脱してしまいまして……リンダさまにも、ヴァレリウスさまにも申し訳ありませんが……今回ばかりは我儘を通させてもらってしまいました。——むろん、ヤガでの用件というのもたいそう心にかかってはおりましたが、それ以上に——とにかくなんでもいいから、一度でもいいから、マルガにもうでたいと——ずっと念じ続けておりましたので……」

ヨナは、そっと両手をさしのべた。むろん、こたえるもののあろうはずもない。人里はなれた湖上の小島の、さらにその奥にある、その意味ではまことに奥津城の名にふさわしい聖堂は、ひっそりと静まりかえっている。耳をすませば、リリア湖の湖水を風が吹いてゆくさざなみの音、はるかな湖面で漁師たちが今日もたつきの網を打つ音、そしてさらさらと風が梢を吹いてゆく音だけが耳を満たす。

「ここは、なんと静かなのでしょうか。——それでこそ、ナリスさまがおやすみになる場所にはふさわしい。——最初に、ここを作るときこそ、わたくしも何回かお手伝いは出来ましたが、そのあと……ケイロニアに、グイン王の失踪について疑いを受けたりなどもいたしましたし——何を申すにも、あまりにもいまのパロ宮廷は人手が足りませんし——もう、ナリスさまのご薨去と同時にクリスタル・パレスを去るつもりでおりましたこのわたくしも、ヴァレリウスどのも、いまだに馴れもせぬ役職をあてがわれて、こうしております。——もっとも、わたくしはこうして無理矢理に離脱して参りましたから……そのあいだに、誰か、ヴァレリウスさまが育ててくれれば……私のかわりになるものがうまく育ってくれれば、私はそれで、ようやく自由の身となれるかと思うのでございますが……」

ヨナは目をとじた。

ナリスはミロク教に深い関心は抱いていたが、ヤヌス教団の祭司長の家柄の身として、むろん、ミロク教に帰依しようなどという気持は一瞬も見せたことがない。それをよく知っていたから、ヨナも、むろんミロクの聖句など唱えはしなかった。もともと、ヨナはミロク教徒としてはかなり融通のきくほうであった。ヤヌスの聖句、ルーンのみことばを口にすることも、本来はミロク教徒としては禁忌であるが、ヨナはあまり気にしない。

しばらく、ルーンの聖句をつらねてナリスの魂のために祈ってから、ヨナはまたそっと目を開いた。ひっそりとした聖堂のなかで、サリア像だけが、おのれが間に合わせの象徴であることなど気にも留めておらぬかのように、優しく静かに微笑んでいる。

「ナリスさま……なんだか、とても……ナリスさまとお話が出来なくなってから、長い、長い時がたったように感じられてなりません」

ヨナは低くつぶやいた。

パロ聖王アルド・ナリスが、ひっそりと眠るように、念願の豹頭王グインとの対面をはたし、イシュトヴァーン王らに見守られ、最愛の宰相ヴァレリウスの腕のなかで息を引き取ったとき、ヨナはそのかたわらにあって、じっとその、ナリスがさいごの息を引き取ってゆくさまを見届けていたのであった。それのみではなく、そのヴァレリウスをその場にあえて呼び入れたのも、またヨナ自身であった。

(なんだか——何もかも、本当にただの夢まぼろしであったようだ……)

ヨナはまた目をとじた。

そしてまた目を開く。だが、いくたび目をとじて、それ以来ずっと続いているかに思われる深い夢から醒めようとこころみても、むろんのことに、夢から醒めることがかなうわけもなかった。

「そうですね……余人は知らず、私にとっては、何よりも寂しいのはそのことかもしれません。——ナリスさまと私は……ヴァレリウスさまとナリスさまともまた違った、まったく独自の……他の誰にも知ることの出来ぬ絆で結ばれていた、と私は信じておりますから……あつかましくも、とひとには云われてしまうかもしれませんが。……それは、確かに私は、ナリスさまに殉じて逝ったあの人たちのようには、殉死の道は選びませんでした。沢山の人たちが、ナリスさまに殉じてゆかれた。ルナン侯——カイ——それ以前にすでにランもナリスさまに命をお捧げしておりましたし……アムブラの盟友たちも沢山死にました。――もう、アムブラに戻っても私を知っているもののほうがはるかに少なくなってしまった……」

ヨナは物静かな、決して感情を激発させぬたちであったから、そうして、低く静かなくりごとを語っていても、その声はただひたすら低く、決して激しくなることはなかった。

「そう、でも私は死にもせず、こうして生きながらえております。――あまつさえ、多少とはいえ好意をもっている女の安否を探るために、ヤガまでの旅に出ようなどとさえしております。……でも、それはナリスさまはお怒りにはなりますまい。なぜならば、それは、ナリスさまが私にお命じになられたことだったのですから。生きよ、そして、グイン陛下に、あの重大な秘密をお伝えせよ――そして、出来ることなら古代機械の秘密を続けて研究し、ナリスさまの果たし得なかったさまざまな研究を完成し――同時に、ナリスさまの評伝を書いて――パロ聖王アルド・ナリス、同時に、本当は学者アルド・ナリスであったし、本当は王であるよりもクリスタル大公であるよりもはるかに、そうでありたかったかたについての、本当のことを、ひろく人々に知らしめよ――と」

ヨナはさしのべた手をそっとまた胸に戻し、かたく組み合わせた。

「ですから、私は、こうして生きています。そして、ナリスさまの命じられた役目をはたすためにだけ生きております。――おおせになった最大の使命、グイン陛下にあの古代機械のキーワードをお伝えすること……それは、ちゃんと果たさせていただきました。それからもまたいろいろなことがありました――グイン陛下が、あの機械の《最終マスター》であることがわかったり――陛下が、あの機械によって、アモンともども失踪されたり――そしてナリスさまの愛されたあの古代機械が、いったん完全に眠りについて、もう誰も手をふれることさえ出来なくなってしまったり……」

　ヨナは目をとじて、またしばらくルーンの聖句を唱えた。

「本当に、これだけ短い時間のあいだによくぞというほどに、いろいろなことがございました。――そうして、いま私はここにこうしております。不思議なことです……思えば思うほど、不思議な、たかが私ごときの知恵などではとうてい説明などしようもない、想像することさえおぼつかぬような不思議なことが沢山おこりました……」

　むろん、いらえてくるものはない。だが、ヨナには、目のまえに、いつしかにナリスが出現し――白い長いトーガを身にまとい、その上からゆったりと、好みの黒びろうどの袖なしの上着を着て、大きな、からだをすっぽりと包み込んでしまうような椅子に腰掛けて自分のことばに黙って耳を傾けているような気がしてきたのだった。そのナリスは、晩年の、寝たきりの弱々しい、気力だけをなんとか辛うじてもたせているかのような哀れなナリスではなく、といって、若々しく宮廷の花として剣に、社交に、舞踏会に、音楽に、華麗なおのれの才能を見せびらかしていたころの華やかなクリスタル公でもなく――ヨナが最初に抜擢され、伺候したころから、ともにずっと胸おどらせながら研究を進めていっていたころの、まだ体の自由は少しも失っておらぬ、だがつねにはるかな星雲の彼方に憧れるあまり、どこか瞳を翳らせがちであった、おのれの境遇に決して満足しなかったころのアルド・ナリスであった。

「私だけは……ナリスさまが本当は、政事にも、戦さにも――何の関心も持っておられなかったことをよく知っております。その意味では、ヴァレリウスさまによりも、むしろ……同じ学者ということで、私のほうにより沢山、心を開いて、打ち明けてくださったのだと、私はうぬぼれております。――そうしてもかまいますまい。ここにはどちらにせよ、聞いているものは、わたくしと――ナリスさまの魂魄しかおりませんのですから」

ヨナは、消えかけた香華をそっと、下の香台の香捨てのなかに落とした。その前に、新しいものをとりあげて、それに火をうつした。

また、ゆらゆらと煙が渦巻きはじめる。だが、その煙がしだいに凝って人となり、そこにアルド・ナリスの、黒髪もつきづきしい、妖しいまでに美しく冷たく微笑んでいるすがたがあらわれてくることはない。

「あの古代機械は――本当は《何》だったのでしょうか。……あの中に深く分け入り、あの機械について、相当な知識を得られたはずのグィン陛下は、失踪よりお戻りになり、眠っていた古代機械にふれた瞬間に、古代機械の――おそらくは古代機械の謀略か、希望によって、おのれが古代機械のなかに入っていたときの記憶をすべて失ってしまわれました。……それは無念なことではありましたが、同時に私にとっては、ますます、かの古代機械が、ただの物質転送機などではない、ということをはっきりとあかしだててくれる事柄に思われました。――ほら、ナリスさま……いつぞや、冬の夜に、二人でとことん議論をかわしたような、あの話でございますよ……」

ヨナはそっと、ゆらゆらと立ち上る香華の煙に手をさしのべた。それに細い指をまつわらせながら囁きつづける。

「世の人々は、誰も――私どものようには、あの機械に興味を持ちません。――ヴァレリウスさまでさえ、ただあの機械については、うろんな、そしてものごとをいっそうややこしくしただけのものと決めつけてしまっておいでです。――しかし、ナリスさまと私だけは――恐れ多い僭越な言い種ながら――この世でただ二人、あの機械の本当の重大さを理解していた者達であったと私は思っております。――カラヴィアのランも同じくでありましたし……いっときは、私にまかされていたあの研究班の若手たちもみな、自分の力によって、この世の最大の秘密をときあかすのだと、張り切っておりましたが、いま、ランはもうこの世の者ではございませんし――馴れもせぬ武将として、兵士をひきいてナリスさまをお守りするべく、マルガに斃れて参りましたし——若手の研究者たちもはやちりぢりになってしまいました。なかには、かのアモンのゆえに発狂したもののもございますし、すべてを諦めてパロを見捨て、はるかな故郷に帰ってしまっていったものもおります。——ほら、あの、アグラーヤからきた若い研究者……スーリンと申しました、あの者なども、『もう、古代機械などにかまけている場合ではない、このままパロにいれば、人として正気を失ってしまう』と言い残して、急いで故郷へむけて逃れ出ていってしまったものです」

ヨナは遠くを見つめるように、ものいわぬサリア像を見つめた。

「そう、でも——それで、私とナリスさまだけがここにこうしていまだに残っていることを、私は嬉しいと思います。——お約束いたしますよ。なんで、また、クリスタルをはなれ、リンダ女王陛下を見捨ててヤガへなどいこうとするのかと、御心配になっておられるかもしれませんから。——私は、むろん、ヤガでミロク教徒として定住するつもりなんぞございません。私はただ、いまのミロク教がいったい本当はどんなことになってしまっているのか、それを知りたい、ただそれだけです。それを見届けたら、そしてマリエ親子の無事を確認し、フロリーとスーティ親子がヤガで安全であることを確かめたら、すぐにもクリスタルに戻るつもりです。本当は、ずっとマルガで、ナリスさまのおそばで暮らしたいのですが……でも、ここでは、研究資料が何もございませんのでねえ。でも、いつかはそうするつもりです。王立学問所でとりあえず、おのれの後輩たちを育て、少しは使えるものが育ってきたら、王立学問所の教授としての任務にもおいとまをいただき、その間に必要な資料をみな整理してそれをマルガに持ち込み――ナリスさまのかたわらで、朝な晩な、ナリスさまの眠っておられるこの小島を眺めて、ナリスさまと親しくお話をかわしながら、ゆっくりと、ナリスさまの評伝を書くかたわら、ナリスさまの未完に終わられた研究を次々と完成させてゆきたい――いや、なかには、とうてい私などでは完成しようもない、それこそ古代機械と世界の謎にかかわるものもあるかもしれませんが、なんとか、それならばそれで、いま現在わかっていることをすべて資料として残して――そうすれば、いつか、もっと私よりもはるかに優秀な俊秀があらわれたときにでも、それを役立てて、ナリスさまのご遺志を継いでくれましょうし……」

　ヨナは、静かな中に激してゆく感情をおさえかねて、そっと、祭壇の横あいにまわり、香華台をよけるようにして、祭壇にのぼった。サリア像の足もとに手をのべて、その冷たい大理石の足にふれ、それから、その足さきに唇をつけた。

「感情的な――私らしからぬふるまいをして、とお怒りを受けそうですが――馴れぬ一人旅の前で神経質になっているのかもしれません。どうかお許し下さいませ」

　ヨナは、その冷たい石に頬ずりしながら囁きかけた。

「こんな像のなかにナリスさまが宿っておられるなど、思ってもおりません。でも――この下には、あなたが眠っておられる。――ナリスさま、お会いしとうございます。お目にかかって、お話をかわしとうございます。そうではないよ、ヨナ……私はそうは思わないよ、お前の考えは間違っているよ、とナリスさまに――いろいろとたしなめていただきとうございます――ナリスさま！」

4

言葉が途絶えた。

ヨナは、しばらくのあいだ、ついにこらえかねた熱いものが吹きこぼれてくるにまかせて、サリア像の足もとにうずくまったまま、歔欷していた。だが、それから、ようやくのことに気を静めて、手布をとりだして顔を拭い、持参の小さな水筒から水を飲んで心を落ち着け、サリア像の足もとから、そっと壇を降りていって、もとの祭壇の前へと戻った。

「お恥ずかしい、感情をあらわにした行動をお見せしてしまいました。――ナリスさまが、いつもとても、ひそかにお嫌いになっていらしたような――ばかげたふるまいをしてしまったと、お笑いになっておられますでしょうね？」

ヨナははなをかみ、顔をぬぐい、身づくろいをして、それからまたあらためて香華を灯し直した。

「考えてみたら、このところしばらく、グイン陛下ご一行がおいでになっていたり――

何かとあまりに忙しく、あわただしくて、馴れぬことばかりやらされていて——私も、少しく苛立ったり、心が乱れていたのかもしれません。——こんなことを申し上げて御心配をかけるのはイヤなのですが、いまのクリスタル・パレスでは、ただの一介の学者にすぎなかったはずの私のようなものにさえ、すべての人々が、指図を仰ぎに来るのですから。——それも、宴会の宴席の席順をどうしようだの——その金をどこから捻出したらよかろうだの……およそ、私には答えようもないような、そんなことを……」

ヨナはかすかに泣き笑いのような表情に顔をゆがめた。

「ばかばかしいとお思いになるでしょうね？　でもいまのクリスタル・パレスは、本当に、なんだかまるで、出来上がったばかりの、何ひとつ整備されていない、国家ごっこをしているだけのままごとの国家のようです。——何をいうにも金もないし人もおりませんし、経験のあるものもみな死んでしまいました。あるいはつとめを下がってしまいました。これだったら、おそらく、イシュトヴァーン王が強引に治めているゴーラのほうが、よほど国としては治まっているのだろうな、と思わざるを得ないほどです。もしもナリスさまさえおいでになったら——いや、でもそんなくりごとは申しますまい。それこそ本当に、ナリスさまに嫌われてしまいそうな、知性のかけらもない言い種です」

ヨナはもう一度、丁寧にはなをかんだ。

「でも、寂しいですよ——なんだか、ナリスさまが亡くなられたあのときには無我夢中で、むろん悲しくはありましたが、ただもう流されてゆくばかりで……かえって、少しばかりものごとが落ち着いて、時がたったいまのほうが、いっそうひしひしと、あなたがこの世においでにならないことが、寂しゅうございますよ。それは、誰もがそうでしょうが——私は、ただひたすら……ナリスさまと、お話できない、私がたとえどのようなあっと驚く考えを思いついても、独創的な研究の成果をあげても……それをナリスさまに御報告することが出来ない、そうしてナリスさまからお褒め頂いたり、笑っていただいたり、驚いていただいたりすることが出来ない、ということが——時がたつにつれて、むしょうに寂しくてたまりません。だから、せめてここに暮らして、朝に晩に、あなたのお眠りになっている祠が見えれば、少しは寂しさもまぎれるだろうかと思ったりしたのですが……」

ヨナは、なおも、つぶやくようにして、かきくどき、かきくどき、そこにいないナリスにむかって、つきることとなく話し続けた。

むろんナリスにとって、もっとも近くかたわらにいたのは宰相ヴァレリウスであろう、ということは、なんぴとも認めるところではあったが、しかし、学者として、ナリスに認められ、ナリスの研究生活の片腕——のちには文字通り両腕のかわりともなっていたヨナには、「少なくとも、学者としてのナリスさまにとっての、最大の相棒はこの自分であったはずだ」という、強い自恃もあれば、また自信もあった。それがいっそう、アルド・ナリス、という、きわめて個性の強い、それだけにそのあと、誰もそのひとのいない大きな空虚を埋めることのできない偉大な存在の《不在》を、強烈に感じさせる理由となった。

どのくらい、なきひとと、一方的に対話をかわしながら、そこにそうしてぬかづいていたのだろう。

ふいに、ヨナは、うしろでものの気配をきいて、はっと振り返った。

しーんと静まりかえっていた、白亜の聖堂のなかに、こつん、こつん、という、特徴ある物音が聞こえ、そして、はっと見守っているヨナの前で、聖堂の入口に、人影があらわれた。

それは、白髪の、ひどく年老いてみえるひとりの老人のすがたであった。右手に杖をつき、その杖に身をすがらせて、ゆっくりとこちらに近づいてくる。

おのれの、ようやくかろうじて時をかきあつめるようにして見つけだした、ナリスとのひそやかな、二人だけのかたらいの時を乱されて、一瞬、ヨナは不愉快そうに眉をしかめかけたが、その老人の顔が見分けられる位置にきたとたん、あっと叫んでいた。

「あなたは――――!」

思わず、ヨナの口から、叫び声がもれた。

「モース医師《せんせい》! モース博士ではありませんか!」

「ああ」

かつての、ナリスの主治医――クリスタル・パレスの、宮廷づきの医師団の長をつとめていた、パロきっての名医とうたわれたモース博士その人であった。

「そういえば――しばらく前から、クリスタルでお姿を拝見しなくなっていたが……」

ヨナは、あわてて駈け寄って、モース博士に手をさしのべた。博士は、だが、ヨナの記憶にあるよりもぐんとこの短い時間で老け込んで、それこそもう死期の近いとてつもない老人であるようにさえ見えた。それほどに、髪の毛は白髪になりきり、顔にもしわがひどく目立っていた。博士は黒い、長い上着と、ゆったりとした裾の長い足通しとい う、あまり医師らしからぬ格好で、杖にすがりながら、ゆっくりとヨナのほうに近づいてきた。

「これは、ヨナ君か」

ある意味、学者どうしの親しみ――といったものを見せながら、モース博士は皺深い顔で微笑んだ。

「これはこれは……思いがけぬところでお目にかかる。今日は、ナリスさまの、お墓参りにおいでか」

「はい。ずっと、なんとかして、ようやくマルガに戻られたナリスさまのみもとに参りたいものと念願しておりましたが、ようやっと時間を見つけて、今日、はじめてこちらの小島にうかがうことが出来ました」

ヨナは場所をはばかって駆け寄りこそしなかったが、モース博士のかたわらに寄り、手をさしのべて老医師を支えてやろうとしながら云った。

「モース先生も、今日はお墓参りにおいででございましたか。これは奇遇」

「奇遇ではない。奇遇ではないよ、ヨナ君」

モース博士は、かすかに微笑んでみせた。

「私は、いま、このマルガに暮らしているのだ」

「なんと申されました。このマルガに？」

「というか、この小島の対岸に、ささやかな小さな家を借りてな。そこから、毎日、小舟を出して、この聖廟の掃除と――それから花をたむけ、まあつまりは、ナリスさまの後世をとむらうことを、いま現在の、唯一の仕事にいたしております」

「なんと」

ヨナは仰天して云った。

「いったい、いつ、そのような――確か、でも、いつでしたか、クリスタル・パレスでお目にかかったときには、まだ宮廷医師としてのお仕事をずっと続けておいでだと思っておりましたが……」

「あなたも、ようやく時間を見つけて今日はじめてここに来られたといっておいでだが、

私も、クリスタルのおのれの家や、診療所を引き払い――私が長をつとめていた医師ギルドを後任を決めて脱退して、完全に公的な仕事から隠退して、マルガにやってきたのは、ほんの三ヶ月ほど前なのです」

　モース博士は、おだやかに微笑んだ。もともと、温厚で物静かな人物であり、その点を、同じく温厚で物静かで理知的であることを最大の美点としているヨナは高く評価していたのだが、ひどく年とったようすになって、その笑顔はいっそう、穏やかさと同時に深い悲しみをつねにたたえるようになったようだった。

「それはまた――それは、クリスタル・パレスにいながら、私もまったく存じ上げずにおりましたが……」

「陛下に申し上げれば、当然引き留められるし――それに、こののちのことを考えたら、とても、クリスタルをいま見捨ててはなれてゆくようなことは出来なくなってしまうのでね」

　モースは云った。そして、疲れたようにベンチの一番前の列に腰をおろした。ヨナも、ひかれるようにその隣に腰をおろす。サリア像が、静かに二人を両手をひろげたまま上から見下ろしている。

「私としても……とても良心がとがめたのだがね。いまのクリスタルでは、医師らしい医師というものも払底しているし――このままクリスタルに残って、次世代の医師を育ててやらぬことには、いったいこのあと世界にも名高かったパロの医療はいったいどういうことになってしまうのだろうとね。だが、先日、私は、おのれを診察していて、どうも以前から気になっていたおのれの腹部の腫れが、どうやらかなり致命的なものであるらしいことを自分で診断をつけたのだ」

「先生！」

「騒ぐまい、騒ぐまい。私はどちらにせよもう、結構な年齢だよ。もう充分すぎるほどに生きたし、それに、私は……」

モース博士は、一瞬、物思わしげな目をサリア像に注いだ。

だが、そのまま、ことばをかえた。

「いずれにせよ、私は、もう長くないと思ったので、これまでずっとやりたかったことをやることに決めたのだ。リンダ陛下には申し訳もないが、しかし陛下はまだお若い。いずれにせよ、陛下にお仕えしていても、そのうちに遠からず、お別れしなくてはならなくなる。その点では、あなたや、ヴァレリウス君のような、お若い方とは違う。私はもう老人だ」

「そんな……」

「私が望んだのはただもう——」

またしても、一瞬、モースは言いよどんだ。

だが、それから、思いきったように、ヨナを見て笑い、これまで云えなかったことをついに口にするかのように云った。

「私は、ずっと――ナリスさまに対して、なんとかして――お詫びを申し上げたくてね」

「お詫び？　お詫びでございますか？」

「ああ」

「それは、いったい、何の」

「それはもう決まっている。まずは、ナリスさまのおいのちをお救い出来なかったことのおわび。医師としてまことに申し訳ない――たとえ、ナリスさまが、あれほどお止め申し上げた、もうあのおからだにはとうてい一回でも耐えられなかったはずの黒蓮の粉を末期に使われ――苦痛をこらえ、グイン陛下と話す力を出されるためだったとしてもだ。それが最終的にはナリスさまの心臓を止めてしまったとしても……そもそも、そうなる前に、私がもっとすぐれた医師であったら、ナリスさまをそれほど弱った状態にすることはなかった」

「そんな。それは違います。あれは……」

ヨナは一瞬口ごもった。

それから、相手がこれほど率直に語ってくれているのだから、という思いにおされ、率直に云った。

「私は、あれは……ナリスさまの《自殺》であられたのだと思っています。ナリスさまは、それを服めばおのれがどうなるのか、すべてご承知の上で、カイに、黒蓮の粉を持ってくるよう、お申し付けになりました。一回のみならず、何回も、それをお服みになりました。――カイもまた、そのこと、おのれがナリスさまの御命令に従うことの意味を知っていたのですから――それで、カイは、最初から……ナリスさまに殉死するつもりで、おのれのいのちでお詫びするつもりで、ナリスさまの御命令どおりに、黒蓮の粉を差し上げたのです。あれは、自殺です。私はそう思っております」

「そうかもしれぬ。だが、そうでないかもしれぬ」

モース博士はゆっくりと答えた。その目はじっとサリア女神の慈愛にみちた顔に注がれていた。

「それは仮定の話ゆえ、あそこでナリスさまが黒蓮の粉をお用いにならなかったらどうなったか、もう一度、私がナリスさまを蘇生させることがかなったか、それとも結局ナリスさまの衰弱が、遠からずナリスさまのおいのちを奪ったか、それはまったくわからぬ。だが、そうでなくても、私は、どちらにせよナリスさまにお詫びをせねばならなんだ。――そもそも、私は、ナリスさまが、レムス陛下とその部下のあのキタイの坊主にとらわれ、手酷い拷問を受けたとき、ナリスさまのおみ足を救うことも出来ずに切断せねばならなかったし――しかし、それにもかかわらず、ほかの四肢の能力を救い出すことも出来なかった。私は――ナリスさまに関するかぎり、医師としてまったく無能だった。こんな人間が、宮廷医師団長として、ナリスさまの玉体をお預かりしていたのでなかったら、ナリスさまは、もっとずっと違う展開もありえたかもしれぬという……」

「それは違います」

思わず、ヨナは激しく云った。

「そんなことはありえません。いや、私がいうのは、モース先生に不可能だったら、他の誰にでも、決してナリスさまをお救い申し上げることは出来なかった、ということです。医学には――残念ながらいまの医学には限界があります。学究ではあるが医学の徒ではない私が、そのようなことを申し上げるのは僭越かもしれませんが」

「そんなことはない。あなたの云われるとおりだ、ヨナ博士。いまの医学には限界がある。あまりにも限界は多い。私はずっと、医者をしながら、その限界を感じ続けてきたものだよ」

「先生――」

「だが、もしも、ナリスさまのおみ足を切断せずにすんだら――あるいは、切断はやむを得なかったとしても、なんとかして、ナリスさまのほかの四肢の能力を、取り戻させることが出来たら――そうしたら、ナリスさまは、あのような死に方はなさらなかったかもしれぬ。ナリスさまは、いくたびも土下座するようにしてお願いした、私の頼みを——どうか、ちゃんと、お苦しいではありましょうが、黒蓮の粉に頼らずにからだを動かし、少しづつでもいいからからだの力を取り戻すために苦しい訓練を続けていただきたい、というお願いを聞いて下さらなかった。あのかたは、恐しく意志の強いかただ。しようと思えばまったく苦もなくそうされたはずだ。私は、あのかたが、訓練を拒まれたのは、誇りからだったと解釈している。あのかたは、寝たきりのまま、下の世話も食事も、何から何までひとの手を借りなくてはならぬ身になりはてたことを、おのれに許されなかったのだ。あのかたは、そういうからだになったと知ったそのときから、すでに、もう生き続けてゆくお気持を持っておられなかったのだ。ただ、なすべきことをすべてなしとげた上で——と……その思いと、そして、パロのために——という、その思いだけが、晩年のナリスさまを動かしていたのだと思う。そうでは——ございませんか、ナリスさま……？」

むろん、いらえがあろうはずもない。

だが、モース博士は、博士もまた、さきほどのヨナと同じように、ここに詣でては、ひっそりとナリスの魂魄と会話をかわしていたのだ、ということがはっきりとわかるような口調で、ごく自然に、サリア像を——というよりも、その下の霊廟にむかって話しかけた。

ヨナの目に涙があふれた。だが、ヨナはすばやくそれを手布で拭い去り、博士に気付かれまいとそっと横を向いた。

「そう、私は何も出来なかった」

博士は静かにつぶやいた。その老いたしわぶかい頰にも、静かに、白い涙がひとすじ、伝わって落ちた。

「ヨナ君。私はね――私は、ごくごく若いとき、ほとんど、医師の誓いをたててまだ数ヵ月とはたたぬほどうら若いときに、馬から落ちて瀕死の重傷を負ったナリスさまの父上、アルシス王子――当時はすでに祭司長でおられたが――のご看病をする班に入れられたのだよ。最年少の見習い医師としてね。当時の医師団長は、かのロードス博士で……そのすべての技術を注ぎ込んだお手当をつくしたにもかかわらず、明け方に、脳に出血したアルシス王子は亡くなられた。号泣している医師団のものたちを見ながら、私は、ああ、医術というものはこんなにも無力なものかとずっと思っていたよ。だが、ロードス博士はその私にこう云われた――モース、人というものはね、必ず死ぬのだよ。たとえいま死ななくとも、いつか王子は亡くなられるだろうし、そして私も、お前も、必ず死ぬ。その運命だけは、誰も逃れることが出来ぬ――もし、逃れることが出来るとしたら、それはもはやひととは云えぬ。それは神なのだ……とね」

「死すべき運命を――逃れることが出来るとしたら、それはひとととはいえぬ――それは神……」

ふいに、ヨナは、おこりにかかったようにぶるぶるっと身をふるわせた。

ヨナの瞼に浮かんできたのは、まぎれもない、豹頭の――世にも不思議な運命をいくたびとなく信じがたいような死地を切り抜けてきた英雄のすがたであった。先日別れたばかりであっただけに、いっそうヨナのなかで、その印象は強かったのだ。

だが、モース博士は、おのれの想念にすっかり浸りきっていて、ヨナの戦慄には気付かなかった。気付いたとしても、その真の理由には、おそらく、とうてい近づけなかっただろう。

「だが、私は、医師として、そのように思いながら手当をしてくることは出来なかった。これまでに何人も患者を見送らなくてはならなかったが、そのたびごとに、おのれの深いところに傷を受けなかったことはない。――だが、ナリスさまは別だ。ナリスさまはいつも私にとっては、きわめて特別な存在に思われた……」

「ええ」

ひっそりと、ヨナは云った。そしてまた立ち上がり、消えかけていた香華を足した。

「あのかたは、きわめて特別な存在でした。誰にとっても」

「むろん、あなたにとってはまた、かの古代機械の研究の上司として、学究の年長の親友として、特別を通り越した存在でもあっただろう。――だが、私にとっても……」

モース博士は、一瞬、絶句した。

それから、ゆっくりと、杖をつきながら立ち上がった。

「まあ、だが、もう何も思いのこすことはない。私はずっとこうしようと思っていたことを果たしたのだ。私は、このあと、おのれが死ぬまでのあいだ――どのくらいだかわからないが、マルガに暮らして、無料で、やってくる病人たちの治療をしてやりながら、毎日こうしてナリスさまの廟に詣でて、ナリスさまとお話をさせていただき、ナリスさまのみ霊の無聊をわずかながらお慰めさせていただくつもりだよ。――そのほかにもう、したいことも、やり残したことも何にもない。家族ももう、みな独立したり――家内にも先立たれたし、子供たちもそれぞれになんとかやっている。次男には、先日の内戦で死なれてしまったがね。――それも、ひとつの原因だったかもしれない。もう、私には、この世に未練は何にもない」

「そんな……ことをおっしゃらず……」

口のなかで、ヨナのことばは消えた。

モース博士は苦笑した。

「慰めや、励ましや――通り一遍の同情を口にするような、ヨナ・ハンゼ博士ではあるまい。それでは、ヨナ博士こそおのれの知性が選んだ最大の相棒だとされていた、ナリスさまをさえ、侮辱することになる。……私は、とても幸せだよ、ヨナ君。このあと何年だかわからない、もしかしたら数ヵ月かもしれないが、おのれの病気が私をナリスさまのところに連れていってくれるまで、私は毎日ナリスさまのおそばにいて、あれやこれやととりとめもない話をしていられる。私はむしろ、あなたやヴァレリウス君は、私のことを、さぞかしうらやんでいるのじゃないかと思っていたのだよ」

「その通りです」

ヨナもまた、苦笑した。

「まったく、そのとおりです。——私も、もしクリスタルがおさまって、そう出来るようになりさえしたら、マルガにきて、この小島の見えるところでひっそりと、ナリスさまの残された研究のいくつかを続けながら、ナリスさまの評伝を書かせていただくことをおのれの生涯の仕事にしようと考えておりました。——でも、私には、それはいつかなうかわからぬ夢です。たしかに、私は、モース先生がうらやましいですよ。とても、とても」

「また、クリスタルにお戻りになるか？」

モースは聞いた。ヨナは首を振った。

「いえ。いささか、使命のようなものをいただきまして、また私情もありまして、これからちょっと南のほうへゆかねばなりません。——それから無事に戻れるかどうかもわかりません。もし戻ってこられたら、そのときこそ、クリスタルから——リンダ陛下からおいとまをいただいて、マルガにやってこようと思っています」

「そのときに、まだ私が生きていたら、酒をくみかわしてナリスさまのことを話したりも出来るかもしれないな。それは楽しい」

モースは嬉しそうに笑った。穏やかな、何の苦しみも未練もない笑顔だった。

「そのときまで、私が生きていればの話だがね」

「そして私が無事にここに戻ってこられるかどうかも、かなりあやういと思います。そのくらい、難しい任務になるのではないかと思っておりますので」

ヨナもひっそりとした笑顔を向けた。——ヨナの笑顔はつねに、ひっそりとしたものにしかならないのだった。

「私も、父母も一人だけの姉もとうに死に、天涯孤独の身の上です。——いずれ戻ってきたときに、マルガでモース先生が待っていて下さるかもしれないと思ったら、いっそう、マルガにやってくる張り合いがあるというものですよ」

「ああ。では、御無事な旅を」

モースは云ったが、ふと思い出したように、ふところを探り、小さな革袋を取り出した。

「何もないが、これをはなむけに差し上げよう、ヨナ君。——マルガで私が開発した新薬だ。ナリスさまには間に合うすべもなかったが、相当衰弱した病人でも、いっとき、確実にからだが活性化する。そのかわり、二度使うとあとでいっそうからだが弱るのだがね。痛み止めにもなるし、さまざまに使える。中に効能書きも入っているから、危険な旅に出るなら持っておゆきなさい。それにここには一緒に傷薬も入っている」

「これは、何よりのものを——貴重なものを有難うございます」

ヨナは丁重に礼をのべた。

「大事に使わせていただきます」

「もう、行かれるかね。では、お気をつけて。さよなら」

「さようなら、モース先生。またお目にかかれますように。私はまだしばらくマルガに滞在する予定です」

ヨナは深々と頭をさげた。そしてそっとモースとサリア女神とに背を向けた。モース博士は、こつん、こつんと杖の音をたてながら、ゆっくりと、香華をたむけようと祭壇に歩み寄るところだった。

第三話　ミロクの巡礼

1

それが、もう、すでに半月以上も前のことである。

ヨナは、次々と荷車に運びあげられる、巡礼団の荷物の積み込みを眺めながら、おのれひとりのひそやかな物思いにふけっていた。

すでにマルガ市内からはかなり前にはなれて、南マルガまで下って、おのれの身を投じるにふさわしい巡礼団を探しながら、このしばらくを過ごしていたのだ。本当は、マルガにとどまって、ナリス廟のかたわらにいたい気持はやまやまであったが、さきに云ったような理由で、ヨナは、マルガに下ってくるクリスタルからの巡礼団よりも、おのれの素性についてなど何も知るすべもない、よそからの巡礼団を選びたかった。

（ナリスさま……たいへん、短いあいだではございましたが、またお目にかかれて、嬉しゅうございましたよ……）

荷物の積みおろしを手伝わなかったのは、新入りが荷物を持ち逃げしたりするだろうと警戒されたからではない。ミロク教徒たちは、同じミロク教徒でさえあれば、互いに対するそのような警戒心など、決してもたぬのを信条としている。

「あんたは、見るからにひよわそうだからねえ、ヨナさん」

見るからに日焼けして毎日の労働に腕も肩も筋肉のついた、たくましいサラミスの農婦たちが、よってたかってヨナをからかうのだ。

「あたしらのほうが女でもなんぼうかたくましいだよ。荷物だの重たいものはあたしらにまかせて、あんたはお茶でも飲んでおりなされ」

「いや、こう見えても、それなりに力は……」

「あるっていうのかい、その細腕で？　だったら、これを持ち上げてみな」

挑まれて、ヨナは荷物のひとつを持ち上げようとしたが、半分も持ち上がらずに降参した。

それをみて、農婦たちはわっとはやしたて、なかの一人のたくましい初老の農婦がぐいとばかりに力こぶのある腕をあらわして、ヨナの持ち上げられなかったその荷物をこれみよがしに持ち上げて荷車に積んでしまった。

「これは、恐れ入りました」

「ほうらね、やっぱり、あたしのほうがずっと力があるだよ。というより、見てりゃあわかるが、あんた、もとはクリスタルのいいおうちの坊やだろう？　さもなけりゃあ、お医者さんか学校の先生かなんかだ。とうてい、すきくわなんぞ持って働いたこたあるまい。畑を耕したことはあるのかい」

「これは参りましたね——ありません」

「じゃあ、漁師をしたことは。石工だの、人夫だのだってしたことはなかろ」

「死んだ父は一応石工だったんですよ。でも、僕は……すみませんが、何もそういう力仕事はしたことがなくて」

「そうだろう、そうだろう。色も青白くて日なたに出てお天道様に当たったこともないみたいだし、見るからにきゃしゃだしさ。あんた、お医者さんの卵か、学校の先生だろう？」

「ええ」

当然素性については さまざまに好奇心を受けるだろうと、ある程度の答えはあらかじめ用意してあった。

「僕は、アムブラの私塾で、いささか読み書きを教えていたものです。でも、医学の心得も、多少ですけれどもありますよ」

これは、嘘ではない。王立学問所はもっとも鍛え抜かれた学究のための研究機関で、そこで学んでゆくためには、おのれの専門とする学問のみならず、魔道学も当然ある程度おさめなくてはならぬし、同時に医学も、歴史学も、科学も、ヤーン神学も――ありとある学問にはすべて「緊密な横の結びつきがある」とする、アレクサンドロスの信条をもとに発足した学問機関であるから、ほとんどすべての分野について、最低限、専門家のいうことばが理解できる程度の勉強はおさめなくてはならない。当然、そこのよりぬきの俊秀であり、アルド・ナリスが抜擢するほどに優秀であったヨナも、それらの学問の基礎はほとんど身につけている。

だが、それはおおいに巡礼団に歓迎された。

「そりゃあいい」

団長のオラスが微笑みながら云ったものだ。

「そんな、重たいものを動かせる奴なんてものは、年を食っていようが女だろうが、この団にはなんぼでもおる。だが、お医者様だの、読み書きにたけたものだのは、全然おらん。それじゃ、あんたがいてくれりゃあこの旅は安心だ。なんかあったら、あんたに診てもらえると思えばいいのだからなあ」

「ええ、よろしいですよ」

それは、ヨナにとっても悪くない立場であると思われたから、ヨナは、そもそもがそういう立場でなんらかの巡礼団に加わろうと思って、すでに、モースのくれた薬に加えて、ある程度の医療が出来るような医薬品はひととおり荷物のなかにそろえていた。

「アムブラのお医者様で、学問を教えていたような偉い人だって？」

この団の女性はほとんどがおばさん以上の年齢のものばかりで、若い娘とまあ云えるのはオラスの次女のルミアくらいのものだったが、それももう、けっこう、うら若いとはいえない年齢にさしかかっていた。だが、おばさんたちにせよ、ようすのいい、しかもどうやら学問にもひいでて、クリスタルの都でずっと育ってきたらしいヨナにはたいへんに興味をよせ、好意を持って、しばらくのあいだはみな、ヨナのまわりに殺到しては、いろいろ聞きほじろうと一生懸命であった。

「あんた、それで、嫁さんはいなさるのかい？　こんなにいい男なのだから――ちょいと瘦せすぎだけれどさあ、もう、とっくに嫁さんも子供もいてなさることだろうね？」

「いや、僕は独身ですよ」

「本当？　意中の人もいなさらんのか？」

「それはまあ……どうでしょうかね。おのれの研究にあまりに熱心にやってきすぎたものので、ついつい、女のひとと付き合ったりするひまもなかったのですよ」

「なんどといったところで、本当はあんた、まだずいぶんと若かろう？　何歳になるんだい？」

「さあ、ねえ……まだ二十五歳にはなっていないと思いますが、もう、本当の年齢なんか、とっくに忘れてしまいましたよ」

それは、必ずしも韜晦ではなかった。

いよいよこの団に加わって、長いヤガまでの旅がはじまることになって、宿でこそ、団の女たちもそうして、食事のたびにヨナの面倒をこぞって見てくれようとし、ヨナの氏素性や、その女性観だのに興味をよせてわいわいと騒ぐが、毎日の巡礼行がはじまれば、それはミロクの巡礼団だ。深くフードをかたむけて顔も通りすがりのものたちからも隠し、ミロクの祈りをとなえながら一歩一歩、敬虔に遠い道のりを歩んでゆく。

ヨナもそのあいだに入って、持参のマントをつけてしまえば、完全にそのすがたは巡礼団のなかにまぎれる。そうして、ミロクの祈りもすでにまったく暗記していて、何も考えることもなく口にのぼせることのできるヨナにとっては、そうやって祈りの文句をとなえながらも、心は放恣にあれやこれやの想念に遊ぶこともまったく自由であった。また、もとより、いまのヨナは、それほどまでに厳格で融通のきかないミロク教徒ではなかったのだ。

そうして毎日の歩きを続けながら、ヨナは、さまざまなことを考えていた。おのれの来し方行く末、そしてナリスのやり残した研究のこと、おのれの研究のこと――

それを考えるにつけて、ヨナは、おのれが本当に、まだやっと二十四歳になろうかという若さである、ということを信じられぬ、と思うのである。なんだかもう、百年も生きてきてしまったようだ――とさえ、思える。

(そもそも……)

そもそも、十二歳で、ヨナは、命からがらヴァラキアを脱出し、パロの、リヤ大臣の船に身を託して単身、クリスタルの都へとやってきたのだった。いまとなってはもう、ヨナには、自分が沿海州のヴァラキア出身であったことさえ、はるかな夢のようにしか思われぬ。

事実、もう、海辺の町ヴァラキアをはなれて、内陸の、海もないクリスタルにきてから、ヴァラキアで育ったのと同じだけの時間が流れている。そして、ものごころついてからを数えはじめにするのだったら、もう、クリスタルで過ごした年月のほうが、ヨナにとっては長い。

そのヴァラキア脱出にさいしては、すべてはヨナが偶然出会っていろいろと救われ、義兄弟の誓いをまでかわした、《チチアの王子》であった不良少年、イシュトヴァーンのおかげであった。だが、そのイシュトヴァーンはいまやすでに、れっきとしたゴーラ王イシュトヴァーンとなり、そしてまた、ヨナにとっては、終生の主とあおいだアルド・ナリスを拉致し、ついにその死を招くにいたった、仇敵でさえある。イシュトヴァーンに対するヨナの感情は、ひとかたならず複雑に入り組んだものたらざるを得ない。

そうして、クリスタルに到着し、船中のいろいろな会話や試験でこの異常なまでの天才少年の頭脳に惚れ込んでしまったリヤ大臣の後押しで、無事にパロでの勉学を開始することが出来てからは、そのあとは、ただひたすら学問に精進する日々であった。王立学問所への入学は外国人ゆえに当初許されなかったので、聴講生として通いながら、アムブラの私塾にもいくつも通い、ありとあらゆる学問を学ぼうとひたすらいそしんだ。夜毎夜毎、遅くまで、あかりをともして本を読み、その内容をことごとく頭にたたき込んでしまおうと焦った。あまりに勉強に励みすぎて、胸を病んで倒れたこともあった。

「ろくろく食事もとらぬからだ。勉学に夢中になる気持はわかるが、そのようにからだをおろそかにすることでは、大成はならぬぞ。人間は、からだからはじまるものだ。健康でないものには大事はなせぬ。まして、お前はもともと体が弱いのだからな」

ヨナに非常に目をかけて、おのれの後継者とまで可愛がってくれたアムブラ私塾での最大の師オー・タン・フェイ老師にもこんこんとさとされて、もうちょっとだけ健康にも気を遣うようになったが、それよりもやはり、寝食を忘れて勉学に打ち込む向学心のほうが強かった。

また、学問はまるで砂地に水が吸いこまれるようにヨナの脳髄に吸いこまれていったし、学問の神もまたそのヨナのすさまじいばかりの刻苦勉励にむくいてくれた。ヨナはたちまち、まだ十五、六歳のうちから、「近来まれにみる英才」と聴講していた王立学問所でも、アムブラの私塾でも認められるようになっていった。そうして、ついにその評判が届いて親友のカラヴィアのランの推挙により、アルド・ナリスのお召しを受けることになったのも、わずか二十歳のときのことであった。そのときにはすでに、十八歳で発表した論文の功績により、王立学問所の名誉会員と認められ、アルド・ナリスのお召しを受けてからはただちに王立学問所の若き助教授という身分にさえ迎え入れられた。クリスタル公の全面的な後援を得て、もう外国人の身分も、その若さも何の支障にもならなかったのだ。それのみか、ナリスの尽力により、それまでは外国人、ことに王族、貴族の子弟でない外国人留学生には門戸の閉ざされていた王立学問所が、ヨナの登用をきっかけとして、実力があればどこの国のものであれ、またどのような身分の出身であれどんどん起用され、また勉学を許されることにもなったのだった。

(すべては、まるで、一夜の夢のように通り過ぎていった……)

そのあとの年月は、だが、ヨナには、本当にそれこそ一睡の夢のように思われる。

(カリナエに伺候し――ナリスさまと親しくおことばをかわすことを許されるようになり、古代機械の研究をまかされ――そして、ナリスさまが……リンダ陛下と結婚され、そしてあの恐しい事件があって、ナリスさまが寝たきりになられて……マルガでの日々のはてに、やがてあの内乱が勃発し……)

深くナリスに私淑していたヨナは、王立学問所の若き教授の地位もなげうち、ナリスのかたわらにぴたりとよりそって、おのれの一命をナリスに捧げる決意をした。だが、同じ決意をわかちあった盟友のランもあえなくマルガにさいごをとげ、そして生きながらえはしたものの、こうしておのれひとりが、マルガにいっとき詣でただけで、そのあとはまたしてもはるかなヤガまでも旅してゆこうとする。

(自分の人生は、いったいどこまで変転してゆくのだろう。――ヴァラキアの下町チチアの、しがない石工の息子にすぎなかった私が……アムブラ私塾の英才とよばれ、そののち王立学問所に迎え入れられ――カリナエでナリスさまの右腕となり、そうして果てはなぜか、望んだこともなかったパロの参謀長などと呼ばれる――軍師めいたことまでさせられるようになり、揚句――)

今度は、こうしてパロをあとにして、はるかに南方へ下ってゆく。

よしんばヴァラキアの近くにいったとしても、もう、チチアに立ち戻る心持はヨナにはまったくない。いま、チチアに戻ったところで、誰ひとり、ヨナの身寄りはもうそこには残っておらぬ。母はヨナを生んで若くして亡くなり、父のハンゼ石工もヨナがチチアを去るのと前後して死に、ただひとりの姉だった美しいルキアはヴァラキアの権力者の横恋慕にあってミロク教徒には禁じられた自殺によっておのれの操を守って果てた。もう、いまや、ヨナはこの世に誰ひとり、肉親と呼べるものはない。

(それを思えば、なんと孤独な人生だろう。――ナリスさまにも――ランにも先立たれてしまった。しかも私はまだ……たったの二十四歳だというのに……)

その若さであれば、いずれはおのれが愛する人とめぐりあって家庭をもち、沢山の子供や孫に囲まれて幸せに暮らせるのではないか、と慰めてくれた人もいないわけではない。

だが、ヨナは、おそらく自分は一生結婚しないだろうと思っている。今回、口実に使ったマリエのことも、確かに（感じのいい令嬢だな）とは思っていたし、また、それがかなり自分としては珍しいくらいの好意になりつつあったことも意識はしていた。だが、結婚、ということになれば、おそらく自分はそういう話がマリエの父親から出ていたとしても、断っていただろう、と思うのだ。

（私は、独身主義なわけじゃないが——魔道師のように、結婚を禁じられているわけでもないが、でも……たぶん、結婚にはまったく向いていないんだろうな……）

あまりに長いこと、孤独に生きてきすぎた。もういまから、そのような、家庭の幸福に恵まれてしまったところで、自分はどうしてよいか、わからなくなってしまうのではないか——とさえ思う。そもそも、自分が、そうやって、よき夫、よき父親として暖炉のかたわらにある情景が想像出来ない。

（ナリスさまとても……本当は、リンダさまというかたがいらしても、心の底はとても孤独でいらしたのを私だけは知っている。——ヴァレリウスがいて、多少はお慰めになったのかもしれないが……所詮、学究というものの心は、普通人には理解出来ないものだ……）

同じ学究だからこそ、ナリスの気持は自分にだけはわかるはずだ、とずっと思っていたのだ。

（そうではありませんか……ナリスさま……それとも、それは、ヨナのうぬぼれでございましたか……）

いらえがかえってくることがあろうはずもない。

だが、皮肉なことに、ふうさいも痩せすぎているとはいえそれなりによろしく、いかにも育ちもよさげで、頭もよさそうな、物静かで穏やかなヨナは、いろいろなところで、年齢もあって、「格好の結婚相手」と思われてしまうようであった。

マリエのときも、父親のラブ・サンはかなりの富豪であったが、「あんたがもし、娘と一緒になってうちの仕事をついでくれるのだったら……」などということばをちらほらと洩らすようになっていた。それはヨナにはひどく苦痛なことで、また到底受け入れがたい話であったから、ラブ・サンがそのような言葉を口にしはじめたあたりから、ヨナは少しづつ、ラブ・サン父娘と近づかぬように、たまには二人で食事に出かけたりすることもあったマリエとも距離をとるように気を付けはじめていた。本当に本当のことをいうと、ヨナは、ラブ・サンとマリエが、クリスタルを去ってヤガへの巡礼に発っていったのが、（自分のせいではないだろうか……自分が、マリエにつれなくして、マリエと結婚する意志はない、と示してしまったことで、マリエが世をはかなんで、ヤガへの巡礼を父親にせがんだのではなかっただろうか……）という、ひそかな罪悪感を抱いている。それが、いっそう、（マリエたちはどうなっただろうか、確かめてその安否を問わなくては）という義務感をあおりたてていたのだ。

だが、マリエばかりではなかった。

「あんた、いま言い交わしたひともいないし、女房持ちでもないと云っていなすったな」

オラスが、いかにも人がよさそうににこにこ笑いながらそう話しかけてきたのは、順調に巡礼の旅がはかどって、明日はダネインの大湿原に、いよいよ大湿原渡りの泥船に乗ってのりだすという、その前夜のことであった。

云われて、ヨナはぎくりとした。——なんとなく、その前から、まだ数日ともに旅をしただけだけれども、オラスの二番目のむすめで独身のルミアが、どうもなんとなくやたらと自分に親切にしてくれるようだ、という気がして、（まあ、まさかな……あちらのほうが少し年上のようだし、それにまだ会ったばかりなのだし……）などとおのれで打ち消したりしていたのだ。だが、オラスは素朴なサラミスの農夫であるだけあって、言葉をかざったり、まわりくどいことは云わなかった。

「どうじゃろうねえ。あんたはお医者さんでもあるし、学校の先生も出来る偉い人だそうだが、サラミスに戻るんでもいいし、ヤガにとどまるんでもいいから、もしあんたさえその気があれば、ルミアをもらってくれたら……あれはあんたよりはだいぶん年が上じゃが、むろん生娘だし、それに、いろいろと女房が仕込んだから、なんでも出来るよ。裁縫も料理もできるし、所帯もちはとてもいいと思うがね。まあ、そんなにいいきりょうとは云えないが、それでも十人並みではあろ？　それに、わしも、まあサラミスの百姓とはいえ、一応それなりにサラミスじゃあならした大百姓だったものだ。金に不自由はさせないよ。あんたがそうして欲しいというなら、サラミスにであれヤガにであれ、家をたてて、診療所を作ってやってもいい。そうしたらルミアが看護婦として手伝ってもやれるし……」

「それは……また、急なお話で……」

ヨナは困惑しながら、そう答えるしかなかった。

「いまのところ、私はまだ勉強中の身でして……このあとどのようにしてゆくか、身のふりかたについても考えている最中ですし、その……少し考えさせていただければ……」

「ええとも、ええとも。こちらとて、まだあんたと知り合って数日で、こんなことを言い出すんだから、あんたにうろんな奴だと思われはせんかと心配だったよ。だがまあ同じミロク教徒どうしだ。そういう意味じゃあ、わしらがあんたをだますおそれも、あんたがわしらを裏切るおそれもないとわしは信じてる。同じミロクの兄弟じゃからな。だから、ゆっくり考えて――旅の終わりまでに、ルミアと気が合うかどうか見定めて、ルミアともいろいろ仲良くしてみてくれて、それで返事をくれりゃあ、こちらはちっともかまわぬでな」

「はあ……ただ、その、私のような若輩者を、そのように見込んでいただいて、申し訳ないというか……恐縮です」

ヨナは礼儀正しく答えたが、実は、ほかにも、同じ団の、これはヨナよりも二十歳も年上の未亡人であったから、さほど深刻ではなかったものの、「あんただったらぜひともあたしが嫁にゆきたいよ」といって、やたらとヨナに親切にしてくれたり、話をしたがる、ハンナというおばさんもいたりしたので、もしかして、自分はけっこう罪作りなことをしてしまったのではないか、という心配で一杯であった。

(申し訳ないのですが、私はあなたがたのような、サラミスの農民と縁を結ぶ立場のものではありません。私はパロ宮廷の前参謀長で、王立学問所教授、象牙の塔首席研究者ヨナ・ハンゼ博士というもので、この旅もまた、パロの行く末のためにヤガのミロク教の実態を調査することを宰相ヴァレリウスどのから命じられたための密偵としてのものですから……)

そのようなことを知られてしまったら、オラスもルミアも、オラスの女房のヴァミアもハンナも、みないっせいに仰天し、ヨナに対する態度をかえてしまうに違いない。みんなとても素朴で純朴な、いかにもミロク教徒らしい行い正しくひとに親切な、良い人人である、とヨナはこの数日の旅で痛感していたので、その善良なひとびとにそんな思いをさせたくなかった。

（だからといって……素性を明らかにして巡礼団に加わったら、それはそれで……えらく窮屈なことにもなっていただろうし、また入れてくれたかどうかわからないしな……）

あまり、やはり、ただの学究にすぎぬ自分などは、そういう謀略まがいのことにはむいていないのだ、とヨナは旅館の固いベッドの上で寝られずに明け方が近づいてくるのを感じながら、そう思わずにいられなかった。もっとも、その不眠は、良心のとがめのせいというよりは、もともとヨナがきわめて神経質なたちで、不眠症気味であった、というだけのことであったのだが。

だが、オラスはとても善良であったので、そうやってヨナにいったん打診して、「考えさせてくれ」という返事をもらっただけで充分に満足したようであった。それぎり、何度も繰り返してむすめの美点を売り込むようなこともせぬし、ルミアもきわめてつつましやかな朴訥な女性だし、また自分がずっと年長の独身の嫁《ゆ》かず娘であることを恥じてもいるのだろう。そんなに積極的にヨナに接近して、おのれを売り込もうともしないのが、ヨナには好感をもてた。さりげなく、ヨナの健康を案じたり、食べ物が足りているか、とたずねたりするだけだが、しかしルミアはしだいに明らかにヨナを強く意識し、好意を持つようになってきているらしく、ふと歩きながら、あるいは宿について食事の席でくつろぎながら気付くと、ルミアの崇拝にみちた目がひたとおのれにあてられているることに気付いてはっとすることがしだいに多くなってきている。ルミアが年長であることも、それはクリスタル・パレスで輝くような美男美女の貴族たちばかりを見てきたものの目にはとうてい、あかぬけた美女とは言い難い、まさに父親のいうとおり十人並みの器量の平凡な、しもぶくれのたくましい骨格の百姓女であることも、ヨナはまったく気にはならなかったが、それよりも、未亡人のハンナとルミアとのあいだに、早くもひそかにヨナをめぐって、恋のさやあてめいた火花が散りはじめているようなのが、気になってたまらなかった。

（妻になるはずの女性がヤガに待っているのだ、と云ってしまおうかな……だが、私はマリエをめとる気持はないんだし、マリエがそのつもりになってしまったらまたしても罪作りになってしまうし……）

これまで、ずっと、ひっそりとした学究生活を理想として生きてきたのに、どうしていまになって、こんなことになっているのだろうと、いささかヨナはめんくらう思いであった。

2

ヤガへの巡礼にむかうオラス団は、その翌日、いよいよダネインの大湿原を渡る「大冒険」に乗り出すこととなった。

もっとも、これは一番安全なたぐいの大冒険であった。大湿原では、ごくごくまれに泥船の事故で死者が出るようなこともないわけではなかったけれども、基本的には、ダネイン大湿原を渡る渡し船のルートは確立されてもおり、泥船の技術もごく確かなものであったからである。

パロから草原地方をこえ、沿海州に出るためには、天山ウィレン山脈を山越えする、厳しすぎる道か、あるいはダネインの広大な大湿原を渡ってカラヴィアからルートへおもむき、そこから赤い街道に戻る、その二つしかない。もっとずっと遠回りでもかまわなければ、アルムトに出て、そこからずっと東海岸までの困難な旧街道をぬけてレントの海岸線に出て船をつかう、という手もないではないが、それはあまりにも時間がかかりすぎて、とうてい一般的ではない。

マルガからカラヴィアまでは、毎日山のような商人の荷車、馬車、それに旅行者たちが往来する、パロ国内最大の幹線街道のひとつでもあるし、街道もよく整備されているし、カラヴィア公の支配が行き届いているから、山賊だの、盗賊だのといった物騒なやからもほとんど出ず――場合によってはそういう事件がおきて世の中をさわがせることもなくはないにせよだ――「きわめて安全」とみなされている道である。もっともハイランドのほうまでも東にそれて、パロ国境を出てしまえば、サルジナ、ルノヴァなど、古い見捨てられた旧街道ぞいの小さな町がいくつかあるだけで、そのあたりは「たいへん凶悪な山賊たちが跳梁跋扈している」として、おそれられている。ことに、パロ国内がおさまっており、その国力が行き届いているあいだには、自由国境地帯といえどもそれなりの監視の目が届いていて、本当の山中に入ってしまわぬ限りはそこまで危険なことはなかった。

だが、いまは相当に、自由国境のみならず、パロ国内でも、あちこちの治安は悪化していると、それはもうマルガからカラヴィアに下ってくる途中の宿宿でも、さんざんにみな聞かされてきたものだ。ことに、疲弊し、ぼろぼろになったカレニアなどでは、かなり治安が悪い状態になっている、と云われたのだった。

だが、カラヴィア街道は幹線だけあって、それほど荒れてもおらず、オラス団は少なくともカラヴィア市中に到着するまでは、何の不安も感じずに平和に巡礼の旅を続けてきた。

もとよりミロクの巡礼の旅は決して安全なものばかりではない。というより、それはたいていの場合――十のうち七、八までは、決死の覚悟で残る家族に一期の別れを告げて祖国をあとにする、危険を承知、生きて帰れぬことも充分に考えて遺書までも残してゆくようなものである。だが、いかに衰えたりといえども、さすがに伝統あるパロ国内の、しかも幹線道路で真っ昼間から追い剝ぎ強盗が出てくるほどまでには、人心は荒廃してはおらぬ。

むしろ本当の危険は、ダネイン大湿原を渡ってから、広大な草原地帯を横切り、沿海州へと入ってゆく、獅子原と呼ばれる無人の街道ぞいにいってからだろう、というのが、オラスたちの一致した意見だった。

ということは、明日ダネインを渡るという今夜が、本当に安心してくつろげる、旅のさいごの一夜ということになる。

「このあとは、獅子原に入ったらなるべくほかの旅行者や隊商たちからはぐれねえように、なるべく人数の多そうな旅行団や隊商を見つけてそれにくっついてゆくことになるだろうしな。この団にゃ、警護の傭兵なんぞもついちゃいねえし、獅子原にはいまだに、山賊をなりわいとする物騒な騎馬の民の部族がけっこうたくさんひそんでいるという話だ」

オラスはミロクの印を切ってから続けた。

「それに、獅子原の途中には、ろくろく宿場もないから、なんとか無事にルートからチュグル、チュグルからウィルレン、そしてウィルレンからトルフィヤと、大きな町をたどってゆくあいまあいまには、どうしたっていくつかは野宿しなくちゃならない夜があるる。本当はウィルレンからまっすぐにヤガにゆく道がありさえすりゃあ、ずいぶんと話は早いんだが、そこはアル・ウィラート砂漠がひろがっていて、ヤガにつくまでほとんどひとが住んでいるところがない。だから、しょうことなし遠回りでウィルレン・オアシスからトルー・オアシスへ下り、そこからスリカクラムへ出て、そっからヤガへ海岸沿いに向かうという道をとらなくちゃならねえだ」

団のものたちはみなオラスを長老としてこの上なく尊敬している。それに女や老人が多い団であるので、誰も疑問をさしはさんだり、反対意見をとなえたりしないで、オラスのことばに一生懸命耳をかたむけてうんうんとうなづいたり、互いに顔を見合わせてしかつめらしくうなづきあったりしている。

「だから、今夜はうんと英気を養っておくだよ。明日は一日じゅう泥船の上だしな。船に酔いそうなものは、今夜と明日の朝はあまり沢山食わねえほうがいいと、さっきはたごのあるじが云っていただからな。それも考えにいれとくがええ」

かれらは、こうしたごく普通の巡礼たちが必ず泊まるような、安宿——といってしまっては気の毒だが、まあやはりそこそこ木賃宿に毛のはえた程度の宿に宿泊をかさねてここまできていた。

ヨナは、実のところカラヴィアにやってくるのははじめての経験であったから、毎日おとなしく団のまんなかくらいでせっせとうつむいたままミロクの聖句を唱えながら歩いていても、カレニアをこえ、サインをこえたあたりから、周辺の景色が目立って変わってきたのに、興味をひかれずにはいられなかった。そして、フードの下からそっと、気付かれぬ程度にきょろきょろと、珍しいパロ南部の風物を見とれていたのであった。

カラヴィアは、パロ南部とはいうものの、かなりパロ北部、中心部とは気候も風土も違う。マルガから、カレニアをはさんで、南パロスの風土は激変するのだ。植物相はもちろんのこと、建物も、また人々の顔やようすもずいぶん違う。それゆえカラヴィアは「パロの中の南国」とさえ呼ばれているし、カラヴィア人はパロ北部人に比較してやや差別されてもいる。パロ中部、北部の人間たちに比較すると、明らかにカラヴィア人は色が黒い。

ダネイン大湿原は、「神の怒りの大洪水」によって大湿原と化してしまい、永遠の泥の海となってひとの住めぬ、特殊な泥船によって渡らなくてはならぬところとなってしまうまでは、その土地にはゆたかな農地があり、ダネイン王国という小さな国が栄えていたのだという。そしてその国は、南方からレントの海を渡り、沿海州をこえ、草原をも踏破して、とうとうダネインまで辿り着いた、黒いひとびとが建国したものだ、という言い伝えがある。

いまとなってはそれが本当かどうかもわからぬのだが、ただ、ときたまダネインの周辺から、過去の遺跡が出土したりすることがあって、その伝説が多少の事実の裏付けがあるらしい、ということを示していた。そして、カラヴィア人たちというのは、この、南方からきた黒い人々と、もともとパロ南部の森林地帯で暮らしていた「森の民」との混血によって成立した民族だ、と云われている。風習も、言語も――それはもっとも、「カラヴィアなまり」程度のものでしかないのだが、みなパロ中心部とは違うがゆえに、カラヴィアは「パロの中の田舎」として、からかわれたり、おとしめられることが多い。

（いつも、ランは……出身地に強い誇りと同時に、ひどく劣等感を持って、からかわれるとむきになって怒ったものだったな……）

いかにもカラヴィア出身らしく浅黒い、精悍なごつごつした顔立ちと、烈火の如き直情径行の気性を持っていた、いまはなき親友を、はじめてそのひとを生んだ風土のなかを歩きながら、ヨナはひっそりとしのんでいた。

（私はまた……ヴァラキア出身だということで、ずっと夢見ていた王立学問所からも最初はすげなく閉め出され――そのことに、パロの人々に対してかなり悪感情も持ったし、いろいろと怒ってもいたから……ランとはそういう意味でも気があったと同時に、お互いに——自分の気持ちはわかるまい、と思っていたところがあった。——ランがたとえカラヴィア出身を苦にしていたところで、カラヴィアはともかくもパロのうちではないか——まったくの異国人である私が受ける扱いとは、まるで違うだろう、と私は思っていたし……おそらくランのほうは、同国人から差別されるカラヴィア人の気持など、そもそも最初からパロの人間ではない私にわかるものかと思っていたふしがある。——いつも仲良かった私たちが、たまにささいな口論をするとすれば、いつもそれはその手の——生まれた土地についてのことだったような気がする……ナリスさまにお目にかかってからは、そんな小さなせせこましい思いも吹き飛んでしまったものだが……）

その、ランを生んだカラヴィアとは、このような土地だったのか、とヨナはしみじみとあたりの景色を目に焼き付けていた。

（もう、二度と来ることはないかもしれないしな……）

カラヴィア地方に入ってから、確かに急速に、温度が上昇している。

それは、ダネインに近づいてゆくにつれて、確実に暑さを増してきた。そしてまた、カレニアからカラヴィアに入ったばかりのころから、カラヴィアの中心部、そしてダネイン大湿原とのさかいめに築かれている、州都カラヴィア市にやってくるに従って、あたりに生い茂っている木々も、明らかにさらに南方系、というよりもこのあたり独特のものに変わりつつある。

人々の身につけているものもカラヴィア風としか云いようのない独特の民族衣装が目立つようになり、また、町なかに入ると、浅黒かったランが色白に思えるほどに、真っ黒な顔をした男女がときたま目立つようになってきた。頭に色とりどりの布をターバンふうにまきつけて横にたらし、その上につぼをのせたり、薪の束や、木の鉢をのせて手をそえて運んでいる、この地方独特の風俗の女たちの姿も見える。男たちも同じように色とりどりの布を、これは三つ編みのようにゆったりと編んで頭にまきつけて横に垂らしているのが、「草原地方が近い」のだ、ということをあらためて旅人たちに感じさせる。

(空の青さまでも、なんとなく、くっきりとして、凶々しいほどだ……)

ヨナはときたま、フードのかげから見上げながら思っていた。

花々もくっきりとあざやかな原色の、ヨナでも名前もわからぬような大振りのものが多くなってきている。木々の葉っぱもあざやかな緑や、白いふちがあったり、緑と白のまだらの葉などのものが多くなり、そのあいまに、クムではとても多いときく竹がたくさん、藪を作っているところもある。

家々は、パロ中央部から北部にかけての、「石の都」と通称されるような石づくりのものではなくなり、竹を組んで作った上によしずをかけた小屋や、茶色のござのようなもので壁を張ってある建物がしだいに目立ってきていた。むろん、カラヴィア市に入って、中央部の盛り場の建物などは、石づくりだが、それもこのあたりがむしむしして風通しが悪いからだろう、土台だけを石造りにして、その上の壁は大きく開いた窓によしずをかけてあったり、あるいは布を張った壁のようなものも多い。ダネインが近いこのあたりでは、ことに夏になると湿度が高く、もわっと熱風が吹き、湿気が立ちこめるので、ことさら疫病がおそれられ、通気が一番に考えられている、と前夜の宿のあるじが云っていたものであった。

宿々で出る食べ物も、珍しいものが多くなってきている。むろん、質実剛健なミロクの巡礼団である。そんないい宿に泊まりもしないから、山海の御馳走が出てくるわけでもないが、それでも、まず主食がかわってきた。パロ中心部では、主食といえばもっぱらガティ麦のパンやまんじゅうだが、このあたりでは、雑穀を炊いてかゆにしたものを食べる。最初はそれがぼそぼそしてのどにつまり、のどを通りにくい、と、年のいったものの多い団のものたちから不平も出ていたが、「ミロクさまのみ教えは、一に、天よりのめぐみである食べ物に不平をいうことなかれ、というだぞ」とオラスに一喝されると、それもやんだ。

カラヴィアの人びとは、その雑穀の、固くて濃密なかゆに、なんと蜂蜜をかけて甘くして食べるのだという。だが、旅人たちのためには、さすがにそれは食べられないだろうと煮込みの類がそえられ、それをかけて食べるようすすめられる。

そのかたわらには、干し魚の戻してむしったものがそえられ、また、奇妙な干したイモのようなものも添えられている。内陸のカラヴィアであるから、その干し魚は当然、海のものではない。なんとそれは、ダネインの大湿原でとれる、干潟の魚なのだった。もともとは、純粋な魚ではなく、陸棲の生物だったのが、ダネインが大湿原と化したときに、その泥の海の上を、ひれと足をつかって飛んで生活するようになったという、奇妙な頭の巨大な、なんとなく古代生物を連想させる「ジャッパオ」という魚とも、昆虫ともつかぬものだ。足のある魚、というだけでも充分にぶきみだったが、むしって出してあるものは足をちぎり、巨大なひれもとってあるから、見た目には、ただこまかな肉のようなもの、としか見えない。だが、それはヨナには奇妙に懐かしかった。アムブラ時代に、親友で、とてもヨナを可愛がってくれたカラヴィアのランが、「国もとから送ってきた名物だから」といって、焼いて食わせてくれたことが何回かあったからだ。最初は、その黒くグロテスクなふうていをみて、ヨナはびっくりもし、怯えもしたが、引っ込みがつかなくてそれを口にすると、なかなかの風味があった。

ヨナが「ジャッパオ」をいやがらずに食べたことで、ランはとても喜び、ヨナのことを「いいやつ」だと云い、そして、そのあとは「また国もとから例のやつを送ってきたから」といっては、ヨナを食事によんでくれた。正直、そこまでうまいものとも思えなかったが、ランが喜んでいるのをがっかりさせたくなさに、「うまいよ」といってヨナはそれを食べにランの家に出かけたものだった。ランの女房になったレティシアが、「ランは好きだけど、ランの料理しろというカラヴィアの気味悪いいろんな干物だけは願いさげだ」といっていたこともよく覚えている。

（レティシアは——どうしているのかな……）

確か、子供が生まれていたはずだ。内乱になってから、もうずっとアムブラの仲間にも会っていないし、ランの戦死も、まともな葬式を出すいとまさえもないような戦いのまっただなかのことで、そのままナリスはマルガから拉致され、ヨナもまた、ナリスについて戦場を転々とした。それきり、とりまぎれて、レティシアの消息も聞いていない。もともと、多少、そういう側面では薄情なのかもしれない、という自覚はある。

（ここでまた、ジャッパオを食べることになるとは……）

それを口にするたびに、ヨナは亡き友を思いだしていた。

干したイモのようなものも、実はそれもダネインの大湿原の産物である。海ならば海藻、というのだろうが、大湿原ではなんというのだろう。大湿原の泥のなかには、沢山の植物や動物が生存していて、きわめて特殊な、ダネインにしかない生態系を作り上げているが、そのうちのひとつで、ぎっしりと泥のなかに根を張り、首をのばして太陽の光をもとめて泥の上にのびてくる、奇妙なツタのような植物になる実を収穫して、洗って干したものがそれなのだ。それもダネイン周辺での重要な食糧で、いったん干さないとえぐくて食べられないが、よく干してから、戻して蒸して刻んだものは、主食のかわりになるほどよく食べられ、またジャッパオや、同じく泥の海でとれる奇妙な「歩く貝」だというニンギと一緒に煮込みにもするのだという。

「この年になって、こんなにはじめてのものをいろいろ食べるとは思わなかっただな」

オラスは多少へきえきもしているようだが、面白がって相好を崩してもいた。

「初物を頂くと、寿命がのびるとミロクさまもいわれたそうだから、これでわしらは、ずいぶんとみんなそろって寿命がのびたことだろうよ。——あす、ダネインの泥船に乗ると、運がよければ、さっきいただいたジャッパオの生きているやつが、泥の海の上をぴょんぴょん跳ねて飛び回っているさまが見られると、宿のおやじが云っていただ」

「あたしゃ、ごめんだよ」

オラスの老妻のヴァミア——これは多少口やかましいし、お喋りではあるものの、たいへん気のいい婆さんだが、それがイヤな顔をして云う。

「寿命がのびる初物はもう沢山だよ。第一、そのジャッパオとかいうしろものが、ぴょんぴょん跳ねてるところなんざ見た日にゃあ、いただいた食べ物がお腹のなかではね回りそうな気がするだろうよ。ああ、不平をいうのはミロクさまの教えにもとるけれども、あたしは早くサラミスに戻って、いつもいただいてるような、ガティ麦の薄焼きパンでネギを巻いて、おいしいうち製のみそをつけて食べたいものだよ。あれが一番だとあたしゃ思うね」

「そんなことを云うな。このさき、わしらがサラミスに戻れるかどうかは、ミロクさまのご意志しだい、わしらの決めることではないんだぞ。そんなことは承知の上で出てきたんだろうが」

ときたまオラスとヴァミアは口げんかをする。それもだが、ごく仲の良い夫婦であればこその、といった感じだ。だが、ひとが口論するのを好まないヨナは、ヴァミアが言いつのり、オラスががみがみ言い出すと、たいてい黙ってその場からふいと立ち去って、自分の荷物のところに戻り、一冊だけ持参した本を繰り返して読むことにしていた。持参した本は、「中原の歴史とアレクサンドロスの業績と謎」であった。

「あんたって、いつでもその本を読んでるのね、ヨナさん」

むろん、木賃宿での泊まりに個室があてがわれるはずもなく、大部屋に十人、ときには二十人もの雑魚寝である。自分の場所といっては、自分の荷物を置いた寝台ひとつだ。その寝台に腰掛けてその本に目をさらしているヨナに、おずおずと、邪魔するのを恐れるように近づいてきたルミアが、そっと声をかけてきた。

「え、ああ。そうですね」

「何の御本なの。——うわあ、難しいんだ、あたしみたいなただの百姓女にはとてもわからないわね」

「いや、大したことはありませんよ」

「あたし、こうして旅していて、思っていたのだけれどさ」

ルミアは、やはりヨナに気のある未亡人のハンナが近くに見あたらないのをすばやく目で確かめてから、ヨナのとなりに腰かける。娘、といっても嫁《ゆ》かず娘でもう三十をこえていて、ヨナよりずっと年上だ。父親のオラスが十人並みというように、決して美人とか、器量よし、といった顔でもないが、善良そうな、いかにも真面目で素朴な化粧っけひとつない顔で、いつも身なりを清潔にするよう、旅の途中でも気を配っているらしい。もっともそれはヨナを意識してのものなのかもしれなかった。よく、それで、団のだれかれに、ルミアが冷やかされて真っ赤になっているのを、見ることがあったからだ。

「あんたって、もしかしたら、すごく偉い学者の先生かなんかかなんじゃないのかしらって」

「なんでそんな。僕はただのアムブラの小さな学校の教師ですよ」

「なんだか、その若さでその落ち着きようとかさ。……それに、学識、ていうの？　それがなんだか、ちょっと話をきいてただけでも、なみたいていじゃない気がするよ。あんたって——ふしぎな人」

「そうかな」

「あたしみたいなもんが、こんなふうに話しかけてきたら、迷惑？」

「そんなことはありませんよ」

「あたしみたいな学もない、字もやっと読み書きするくらいしか出来ないような百姓女が、アムブラの偉い先生にあれこれ云うなんて、あんまり口はばったいかしらね」

「そんなことはない。ひとはみな平等に作られている、とミロクさまも云っておられるじゃないですか」

「あんたって、もしかしたら、本当は貴族様の若様だったりとか……伯爵様の若様とか、そういう人なんじゃないかって思って、怖くなることがあるの。品もいいし……なんか、身につけてるものも全然あたしらのとは違うし」

「これはみんな安物ですよ。ただ、それはまあ、クリスタルだから……それに、僕の父は本当に、しがない石工で、もうとっくに死にましたし——僕はとても貧しい家の出身なんですよ、ルミアさん」

「だけど、肌なんか、女のあたしよりかずっと白くてすべすべしてきれいだわ。髪の毛も目も手も指もみんなきれいだわ。あたしなんかよりずうっと」

ルミアは悲しそうに云って、自分の大きな荒れた手を恥ずかしそうに前掛けの下に隠した。

「毎日畑で草取りをするもんだから、爪のあいだも真っ黒に染まってしまって洗っても落ちないしさ。髪の毛も顔も日に焼けて赤っ茶色になっちゃってるし。肌も日に焼けてそばかすやしみだらけだしさ。あたしとあんたが並んでいたら、どう見たって、あんたのほうがきれいなべっぴんの女の人に見えるって、きのう、サイルが云うのよ」

「サイルさんは口が悪いんですよ。そんなことはありませんよ。僕なんか、よく、骸骨、骸骨ってからかわれたものです。勉強仲間から」

「そう、確かに、ヨナさんは痩せすぎだよね。――でも、見てると、そんなに食べないわけじゃないいんだけどねえ。どうしてそう、肉がつかないいんだろう。うらやましいよ」

「まあ、あまり食べることに興味がないからでしょう」

「でも、あたし、云ったらいけないけど、ハンナおばさんよりは太ってないと思うんだけど。――あの人は、まるでガダルハラの牝牛みたいによう肥えてる、ってコーリンじいさんが云ってたわ」

「コーリンお爺さんも口が悪いですねえ」

「あたしらみんな同じ村のものだから遠慮がないのよ。さぞかし、クリスタルからきたあんたから見たら、とんだがさつな百姓どもに見えるだろうなあと思ってさ」

「そんなことはありませんよ」

「あんたって――なんだか、大きな秘密をかかえてる人みたいな気がするわ」

ルミアはうっとりとヨナを見つめながら云った。

「あたし、あんたみたいな人を見たの、生まれてはじめて。――あたしはいつもサラミスのお百姓仲間ばかり見てるからさ。まるで、なんだか、お話のなかから出てきた人みたいで……ねえ、明日は、一緒に泥船に乗ってダネインを渡るんだわね」

「そうですね」

「一緒にダネインを渡るんだわ」

ルミアはうっとりと繰り返した。

「きっと忘れられない思い出になるわ。あたし、記念になんか、ダネインの小さな飾り物を買おう」

「これが――」

「おお、これがダネインの大湿原か……」

3

そして、その翌朝。

きわめて朝早くに、オラス団の一行は、宿の勘定もすませ、カラヴィア市にも別れをつげて、カラヴィア市の南のはずれにある泥船の桟橋から、「ルート行き」の大きな泥船の巡航船に乗るために、ついにダネイン大湿原のほとりに立ったのであった。

カラヴィア市は、横に長々とひろがっている大湿原の、北岸のまんなかあたりに位置している。もっとも岸、といっても、大湿原は本当の海ではないのだから、そういう意味では、はっきりとどこから岸、どこからが海、とさだめられるわけではない。

「あんまり、そのあたりの泥に近づくでねえだ」

つよいカラヴィアなまりで、いわゆる「泥人」と呼ばれる、裸同然の格好にふくらんだクンツだけを穿いた、頭にぐるぐるとターバンをまきつけた真っ茶色の船頭が、大声で、ひっきりなしに人々を怒鳴りつけていた。

「いきなり深くなってるだからな。足をとられたら、どんどん引き込まれて二度とは助からねえだぞ。——えい、だから、そのあたりの泥にうろうろ近づくなっていうのに」

あたりは、見渡す限りの、まさに「泥の海」——である。

（思っていたよりも、ずっと黄色っぽいものなんだな……）

ヨナは、生まれてはじめて見るこの奇景に、いまさらながら感嘆していた。ダネイン大湿原は、辺境のルードの森、ノスフェラスの砂漠、オロイ湖の風景、ナタール大森林、そしてレントの南の海の「死の藻の海」などと並び称せられる、「天下一奇景」に数えられるこの世の神秘のひとつなのだ。

マルガから下ってきた旅びとたちの前に、見渡すかぎり、その黄色とも、黄土色ともつかぬ泥の海がひろがっていた。もう、ふりかえっても、カラヴィア市のにぎわいもちょっと遠くなって見えぬ。州都とはいうものの、カラヴィアでは建物の構造上、クリスタルにあるような、塔だの、高い建物があまりないので、ちょっとはなれてしまうともうそれは、木々にまぎれ、ゆるやかな丘陵にかくれて、ここからではまったくカラヴィア市街は見えなくなってしまうのだ。

それでも、こちら側の岸には、泥人たちの村落がいくつもあるので、岸ぞいに、泥レンガと呼ばれるらしい、ダネインの泥海と同じ色のレンガで建てた、真四角の汚らしい色の家がいくつも群れている。泥の海にあまり近く日々を過ごしていると、何もかも泥の色に染まってしまうのか、あれほど鮮やかな緑や、強烈な赤やオレンジや白やボタン色の花々にみちていたカラヴィア市街をはなれて、このあたりまでやってくるにつれて、あたりは何もかもが泥のひと色に染め上げられているようにさえ見えた。家々も、泥色の丘にへばりついているわずかばかりの木々も、道も、そして歩いている人々もだ。

確かに、カラヴィア市街を歩いているカラヴィアの人々に比べて、このあたりに住む、ダネインの人々——そのすべてが「泥人」と呼ばれる、ダネインの泥の海での特殊な漁や泥船の扱いをなりわいにしているものたちだ、というわけではないのだが——の服装そのものも、くすんで、なんとなく全体に泥の色にまぶれているような印象を受ける。見ているうちに、なんとなく息苦しくなってくるような、自分のからだの中までも、ひとしなみにその泥の色に塗りこくられてきてしまうような錯覚を与えるほどに、その泥のいろは強烈そのものであった。

あたりを見ているうちに、もうこの世界にはこの泥の色以外のものはないのか、というような思いにとらわれてくる。もう二度と、明るい鮮やかな新緑も、華麗な花々も、そして青い海、青い空も見ることはないのではないかと——青い空はいま現に頭の上にひろがっているにもかかわらず——思えてくるほどに、その泥の色は、圧倒的にあたりの景色を塗りつぶしていた。

「凄いな……」

思わず、巡礼のものたちの口から、たまりかねたような声がもれたのも、無理からぬことであったかもしれぬ。

目の前は見渡す限り、同じ色の大湿原だ。最初はその色あいに目を奪われ、まるで世界がそのひと色に塗りたくられてしまったかにしか見えないが、ようやく目が、この壮大な景色に馴れてくると、その泥の海が、ただの泥濘ではなく、ゆったり、のたりと波打っていること、そしてそのなかに、確かになんらかの生物が——それもかなりたくさんいるあかしに、ふつふつと小さな気泡がその重たい泥の表面にひっきりなしに浮かび上がっていることや、ときおり得体の知れぬ小さな生物が、ぴょんと飛び上がって、またたちまちのうちに泥のなかに潜っていってしまうことなどが目にうつってくる。

そして、ようやく、頭上の青空を仰ぐゆとりを取り戻すと、そこには、目を奪うほどに純白な大きな足の長い鳥——ダネインにしか見られぬ「ゴイ鳥」と呼ばれる鳥だと、船人が教えてくれたが——や、もっと小さい、黒くてまるでゴミのようにぱっとしない鳥がけっこうたくさんいて、大きなゴイ鳥は悠然と青い空を滑空しては、やにわにひょいと長いくちばしを泥の海にめがけて突き刺そうと舞い降りてきて、一瞬にして何かをかっさらい、くちばしにくわえて飛び去ってゆく。

小さな黒い鳥のほうはもっと沢山いて、それがうらうらと泥の海の表面近くを飛んでいる。ときたま、泥の海にひょいと足をおろすように見えるのは、この軽さならば、泥のなかに沈むこともなく浮いていられるのか。そしてその鳥も熱心に泥のなかを小さなくちばしでつつき回すのだった。

その風景のなかを、さらにけだるさとものうさとを増すかのように、のたり、のたりと、「ダネインの泥船」として有名な乗り物が、泥の海を渡ってゆき、あるいはこちらの岸に戻ってくる。このカラヴィア南端、通称「ダネル桟橋」は、ダネイン大湿原を最短距離で渡る最大の航路の出発点として知られていて、対岸のルートの町——それもまた「泥の町」として世に知られているのだが——とのあいだを、一日に何往復かしている泥の船の定期便が出ているところであった。

桟橋はいくつかあって、やはり泥の色にまみれた木の長い橋が、岸辺から泥の海のなかへ乗りだしている。その橋のきわに、妙に底がひらたく板が横に張り出している、ふしぎなかたちの小さな舟が何隻もつながれていて、一番大きな桟橋には、一軒の家ほども大きな、同じ泥船がもやっている。もやっている、といっても、なにせ下は泥の海である。見たかぎりでは、それは通常の海とはまったく異なり、歩いて普通に渡れるただの泥のぬかるみのようにしか見えぬ。

だが、さきほどから「泥人」がひっきりなしに警戒の叫びをあげているように、この泥の海は、どろどろと濃いけれどもただのぬかるみではなく、まぎれもない、深い深い海であるのだった。歩いて渡ることも不可能であるし、当然、泳ぎ渡ることも出来ぬ。恐しい体力と筋力をもつ超人ならば、あるいは出来るかもしれぬが、通常の海の水と違い、べったりとまつわりついて手足の力を奪うこの泥の水のなかをでは、泳いでゆくことは、たぶんものの一モータッドも出来まい。いや、おそらくどれほど超人的な体力のあるものでも、泥のべったりとした張力にさからいながらでは、せいぜい四、五百タッドがよいところだ。そして、力尽きてしまえば、じわじわと泥中に引き込まれ、それを引っ張り上げようにも、泥舟の上からでは、舟そのものが転覆してしまうおそれのほうが強い。いったんこの海に落ちれば、普通の塩水の海よりもずっと、助かる確率は低いのだった。

「岸からあんまり泥のなかに出るでねえ。そこはもう海だ。そうは見えずとも、深さはもう、そこでも二十タールもあるだ」

泥人たちがひっきりなしに、泥船に乗ろうとダネルの渡しにやってくる客たちに、声をからして叫んでいるのはまことに無理からぬことなのであった。

ヨナたちは、いかにも生まれてはじめてそれを見るおのぼりさんよろしく、目をきょろきょろさせながら列をつくって桟橋に並び、おのれらの番がくるのを待った。毎日、ダネルの渡しからルートに渡る旅客は何百人、多いときなら千人にも及ぶのだという。定期便で出ている渡し船は、最大のものが五十人乗りで、それが一日に四、五往復するのだというが、ほかにも、十人乗り程度のもの、きわめて急いでいる客や飛脚などには、二、三人乗りの小さな泥船が用意されていた。金を出せばもちろん、ひとりで泥船を一艘借り出して、定期便の時間とは無関係にダネインを渡ることも出来る。

並んでいるヨナたちの目の前で、ゆったり、ゆったりと泥船が岸をはなれてゆく。ダネインの泥船は、上半身裸の泥人の船頭たちが、何人かで、長い竹棹で両側から息をそろえてあやつりながら、泥の波に乗ってゆくものだ。沈まぬよう、普通の舟にはついておらぬ板の翼のようなものが、舟の両側に突きだしているのが珍しく、「ヨー、ヨー、ホー」という、ものうい息あわせのかけ声もエキゾチックに耳に響く。

ひと口にダネイン大湿原、とはいうものの、その全容は、かの「中原最大の湖」たるオロイ湖よりもはるかに広く、パロの国土の半分ほどもあるのである。これほど典型的に「泥の海」の形状を見せているのは、まんなかの部分だけで、周辺は、ずっと浅い文字どおりの湿原となり、そのあたりは舟も渡すことが出来ない。といって、踏み込んでゆけば背が立たぬほどの深さはあるのだから、所詮、この巨大な湿原をわたるためには、この渡しを利用するしかないのである。ほかにもうちょっと小規模な渡しの桟橋が、少しはなれてあちこちにあるようだが、それらは実際には土地のものたちが利用しているほうがずっと多く、赤い街道を旅してきてさらに草原地方、そしてその南へと下ろうというものは、例外なくこのダネルの渡しに来ないわけにはゆかないのだった。周辺の、泥船でも渡ることのできない湿原は場所によっていろいろとようすをかえ、なかには、名高い特殊な植物の群生地として知られている一画もあるし、またもじゃもじゃと木々が泥の海のなかから生い茂って、泥のなかの密林の様相を呈しているので、誰も——このあたりの泥人たちでさえ近づけない、「魔の泥の森」と呼ばれている場所もある。

湿原の中央部に出てゆくと比較的泥が薄くなってきて、船もあやつりやすくなるが、岸辺をはなれるときには、何人かの船頭が棹であやつるだけでは駄目で、岸からも、助手、といったかっこうの泥人たちが、棹で押しやってやらなくてはならない。大きな定期便ともなると、沢山の船客も乗っているから、船そのものの重さもけっこうなものがある。その上に、泥の抵抗がかなりのものがあるので、十人以上もの泥人たちが、上半身裸のまま、桟橋に居並んで先に大きな板のついた棹を船の尻にあてがい、泥の海のなかに押し出してやりながら、「ヨー、ヨー」「ホー、ホー」と声をかけあうのである。それもまた、このあたりならではの風物詩といったおもむきであった。

ヨナたちの乗る船は、二番目に桟橋をはなれた。桟橋から、渡り板を渡って泥船のなかに乗り込むとき、オラス団のものたちは、いのちをミロクに捧げることをおそれないミロク教徒とはいいながら、ひどく不安そうであった。無理からぬことで、内陸のパロでずっと暮らしてきたものたちにとっては、まったくこのような「船に乗る」などという経験は無縁だったのである。だが、ヨナは本来沿海州の子である。懐かしささえ感じながら、ためらわず渡り板を渡って、船に乗り込んだ。

　船もまた泥の色であった。中はかなり広くて、天井は低く、横にひらべったい作りになっている。ほとんど、船というよりは、イカダの上に船室を作ったようなかたちになっているのも、「泥の海」という特殊性にあわせてのものであろう。毎日さまざまな旅人たちが利用しているからか、中は汚く、一応掃除はしてあるようすはあるものの、多少くさかった。もっとも、その汚れのはなつ匂いよりも圧倒的なのは、「泥の匂い」としかいいようのない、ダネイン特有のものだという決してはなれない匂いであった。泥のなかには、これまでの長い歴史のなかで、ダネインの泥の海のなかで死んでいった無数の生物たちの死骸もまた底にふりつもって泥濘の一部と化している。それが、一種独特の臭気のみなもととなって、泥の海全体を、本当の海の潮のにおいとは似ても似つかない、なまぐさいような、泥くさいような、ふしぎな、だが忘れようのない匂いで包み込んでいるようで、匂いに敏感な人間ならば、その匂いだけで気持が悪くなってしまいかねなかった。

　女たちはくさがって船室の外に出ず、鼻を布でおおったりしていたが、さすがに口に出して臭い臭いと騒ぐほどの礼儀知らずはいなかった。この地で一生を過ごすこの地の人々にとっては、このにおいこそが、沿海州のものたちにとって潮のにおいこそがふるさとのにおいであるのと同じように、なつかしくかけがえのないものであるのだろう、ということくらいは、かれらにも察せられたからである。

そうしているうちにも、船がのったりと岸をはなれた。かれらは、ダネインの泥海のまったただなかへと漕ぎだしたのである。

ヨナは好奇心にたえかねて、荷物を船室におくと、へさきのほうへそっと出ていった。本来あまり旅客がそうして出てくるのは歓迎されていないことであるらしく、旅客が泥の海の眺めを楽しむための設備のようなものはまったく用意されていなかったし、出てゆくなり「気を付けろ！　手すりから身を乗り出すな。落ちたら助からねえだ！」と泥人たちに怒鳴られたが、ヨナはあまり手すりに近づかないようにして、船室の入口に立ったまま、広大な、茫漠たるダネイン大湿原の船上からの眺めを楽しんでいた。

それはしかし、確かに一見の価値のある眺めだったが、見ていると、あまりにも何ひとつ眺めが変化することがないので、だんだんもうろうとなってくる、という欠点があった。空を見上げると例のゴイ鳥だの、名前のわからない黒い小鳥だのがたくさん空を舞っていて、泥の海へ急降下してきたりしていたが、そのほかには、本当に茫然としてくるほどに、何ひとつ変化のない眺めであった。地平、といっていいのか、水平線、といっていいのか、見渡すかぎりは泥の色の、一見すると大地にしか見えぬたいらな茶色が続いている。それにだが、ゆるやかなうねりがあることで、かろうじて、それが「海」であることが理解される。

好奇心の強いヨナは、そっと、泥人たちに怒鳴られぬように、岸の一番さきまで近づいて手を泥の海にひたしてみたのだが、思っていたよりもずっとそれがねっとりしてはいないことにかえって驚いた。もっとずっと、どろりとして、濃度の高い、それこそ練った粉のようなものであるのかと思っていたのだが、見かけはそう見えるけれども、実際には、まだかろうじて「水」というにふさわしい、ただとても汚い色の泥水であった。とうてい飲用にはたえないのは当然としても、おそろしく沢山の泥が混じり込んでいるのも確かのようだ。思っていたよりは固形ではないというものの、やはりのったりとしていて、手に掬ってみても、ヨナの知っている海水より相当に重たそうだ。

(ふうむ……不思議なものだなあ。神は不思議なことをなさるものだ……まだ、この世界には、どれだけか不思議なことがたくさんあるのだろうな……)

ヨナは思っていた。そのときに、おのれが、《神》——この世界を作りだした存在、として、何を想定しているのかについては、あまりおのれ自身に問いただしたいとも思わなかったが、少なくともそれがミロクでないことだけは確かだった。ミロクはもともと「人の子」なのであって、この世の造物主、とは規定されていないのである。

(だが、神は存在するし——この世界をこのように作り上げた、おおいなる意志、というたものは確実に存在するのだ。——そしてまた、グイン陛下のことを考えれば……)

ふと、ヨナは、めまいのような思考に引き込まれた。

(豹頭王グイン――なんとふしぎな存在だったことだろう！　そしてまた、なんという運命にとらわれていたことだろう。……そして運命の不思議により、私のようなものが、そのあまりにも驚くべき豹頭王の秘密にほんの少しでも、かかわりあうことを許された。……一生忘れられないだろう。あの古代機械にまつわるさまざまの不思議――驚きにみちたさまざまな瞬間……機械が陛下を《最終マスター》と認めたときのこと……機械が陛下をひきずりこんで、勝手にその傷をいやし、記憶を修正したときのこと――古代機械が陛下をノスフェラスに送り出してしまったあの驚愕の瞬間……)

それらすべてを、本当は、ナリスに語ることが出来たならば、どれだけナリスも驚き、興味をひかれたことだろうと思う。

だが、むろんそれはもうかなわぬことであった。

(そうだ――ナリスさまは、ダネインの大湿原においでになったことはおありだったんだろうか？　いや、確かおありにはならないはずだ。――リンダさまと御成婚のときには、国内巡幸をなさったのだが、確かカレニアあたりまでだったのではないかな……それとも、カラヴィアにもお立ち寄りになったのだったか。だったら、おそらく、観光ということで、ダネインまで足をのばされたかもしれないが――あまり、ナリスさまがダネインについて口にされていたのを聞いたことがない。ノスフェラスのことは、本当に心をひかれていたのだろう、よく口にされ、一生に一度は訪れたいといっていられたが……)

(そう、だから、私はずっとマルガの廟にもうでたいと願っていたが、ヴァレリウスどのはナリスさまの遺髪を少しでもいいから、ノスフェラスに届けたい——遺髪をもってノスフェラスにゆき、そしてナリスさまに心ばかり、ノスフェラスの空気をかいでいただきたい、と思っているのだ、と前に云っていた……まあ、私もそのうちノスフェラスには行ってみたいものだとは思っていたが……)

(ノスフェラスか。——ここよりも広いのだろうな。こうして見ていると、ダネインの大湿原というものもまことにとてつもない、この世界第一等の謎、神秘に思われてくるが……だが、ノスフェラスは、ここよりももっと広く、そしてもっとふしぎな生物にみち……おおっ!)

「いま、飛び跳ねたのは?」

「あれが、ジャッパオさね。あんたがけさ、食ったやつだ」

びくっとしたヨナを見て笑いながら、泥人の船頭が教えてくれた。

ヨナが見たのは、羽根があり、昆虫のような足のある、なんともいえぬ奇妙な、だが大人のてのひらよりももっと大きな黒っぽい生物が、いきなり泥のなかから飛び上がってくるありさまだった。その生物はどのようなしくみでか、手をひたしてもべったりと泥の色にまみれてしまうその泥の海にあって、泥の色におかされることもなく、ぶきみな黒っぽさをきちんと保っていたのは、おそらく羽根やからだから何か油のようなものが出て、泥をはねつけてしまうようになっているのだろう。

よく目をこらしてみると、大湿原のそのどろどろとした黄土色の海のあちこちに、ちょっと大きめのあぶくがたったとみるなり、そこからぴょんぴょんとその奇態な生物が飛び上がってきて、そのあとしばらく泥の上をいかにも身軽にぴょこぴょこと跳ね歩き、それからまた、何か虫でも見つけたようにひょいともぐってしまうのだった。

（あれが、今朝食べたものか……いや、きのうの夜もだったが……）

見なければよかった、といささか、さしものヨナもげんなりした。吐き気をもよおす、とまではゆかなかったが、あまり、それを見て食欲が起きるというたぐいの生物ではないことは、まったく確かだったのだ。

「船室に戻っていなせえ。落ちたら、何があろうと助からねえだぞ。わしらは、泥の海のことは知り尽くしてるから、落っこちたら絶対に助けには戻らねえだからな。助けに戻ればわしらが船ごと泥に飲まれるだから」

別の泥人の船頭が無愛想に注意した。そこでしかたなく、ヨナは船室に戻っていったが、あいている窓に近寄って、そこに身をもたせかけ、なおも熱心に、驚くべきダネインの景色を眺め続けていた。

ヤガから無事に帰ることが出来ればもう一度、今度はルートからこの湿原を渡ることにはなろうが、そういうことでもなければ、もうおそらく、一生に二度とはきそうもないような、とてつもない場所だ、と思う。もう、首を突きだしてみても、かなりの速度で泥船は進んでいて、ダネルの渡しの岸はどこにも見えなくなっていた。いや、泥の色にまぎれて、ただ単にもう、船上からは見分けがつかなくなっていただけなのかもしれない。だが、岸辺はただひたすら、泥の丘がつらなっている、泥の海の続きのようにしか見えなかった。

(不思議なところだ……)

またしても、ヨナの思考は、そこに戻ってゆく。

(我々人間はなんと無力ではかないものなのだろう。我々は——まだ、おのれが住んでいるこの世界についてさえ、何も知ってはいないのだ。そして、おのれがいかに何も知らないのか、ということさえも、じっさいには、大半の人間は知らないままでいる。——知識が増えてゆけばゆくほど、わからぬことが増える。理解が深まれば深まるほど、おのれが何も理解出来ていないのだ、ということが理解されてくる。……なんということだろう。私は、なんのために学問の道にこれほどに深く分け入ってしまったのだろう。おのれが結局は《何も知らぬのだ》ということを、これほどにはっきりと感じ、理解するためだけだったのだろうか……)

(かつて、この世界がいまのようでなかったとき……《神》とかりそめに呼ばれるような巨大な存在があって、それがこの世界におりてきて――我々人間の想像もつかぬような巨大な力をふるって――それこそ古代機械でさえ、ちゃちな玩具に見えてしまうほどの――そうしてノスフェラスをいまのような砂漠とし、ダネインを永遠の大湿原とし、そしてレントの海を海たらしめたのだろうか。――だとしたら、何のために、その《神》はそれをそうしたのだろう。……そして、人々は、それぞれ好むところに住み着き、小さなささやかな文化や国家を作り上げた。……だが、我々はまだ、この世界のほんの一部だけをなんとか多少なりとも征服したつもりになっている、あまりにもささやかな虫けらでしかない。――我々の知らぬ部分、まったくの未知の部分のほうが、はるかに広く大きいのだ。――たとえば早い話が、あのレントの海、コーセアの海の底にどのような神秘がひそんでいるのかについても……ノスフェラスの果てはどうなっているのかということについても、我々は何にも知らない……)

ヨナの思索は限りがなかった。

ハンナも、ルミアも、本当はちょっとヨナのかたわらに近づいて、話しかけたそうにしていたが、ヨナがおのれの思索にふけってしまっていることは、かれら、素朴なサラミスの農婦たちにもなんとなく感じ取られていたし、その思索が、彼女たちにはとうてい理解も想像も出来ぬような高邁なものであろう、ということもうすうす察せられたのだろう。彼女たちは、ちょっと悲しそうに、ヨナをまるで高価な、手に入れるすべもないふしぎな宝物かなにかのように眺めながら、遠巻きにじっと座って泥船の動揺に耐えているだけであった。

なかにはもう、泥船に酔って気持悪さをこらえているもの、船べりから吐いてしまったものもいる。どこまでも泥ひと色で塗りつぶされた世界のなかを、ダネインの泥船は、ゆったり、のったりとルートをさして進んでゆくのだった。

4

ルートに到着したのは、その日の午後であった。

一食は、船上で食べて――それは皆に船から配られる、粗末なかわいたパンと干したジャッパオ、そして干し果物、という、水がなければとうていのどを通らないような食べ物であったが――そうして、だが日が落ちる前には、泥船はなんとかダネインの大湿原を渡りきっていた。夜に、ダネインの大湿原をうろつくのは、狂気の沙汰だ、というのが、泥人の船頭の話であった。

「夜になると、本当の《泥人》が出てくるんだ。――わしらのことを、みんな泥人と呼びなさるが、実際はそんなもんじゃねえ。我々はただのカラヴィアの船頭で、あたりまえの人間だよ。いつも、泥の海でばかりはたらいて、泥まんじゅうになっているから、泥人とみんな呼ぶがな。――だが、本物の《泥人》は、そんなもんじゃねえだ」

「ほう」

オラスは面白そうにきいた。

「それじゃ、うわさに聞くナタールの大湖沼地帯に住むという《沼人》とか、ノスフェラスに住むというセムやラゴンのような猿人どもとか、そういうやつらなのかね。その本物の泥人というのは」

「なにせ、頭の上から足のさきまで全部、ダネインの泥で出来ている、という言い伝えがあるくらいでな」

船頭は船をようやく目の前にあらわれてきたルートの栈橋につけようと、熱心に棹をあやつりながらも、話好きとみえて、話をやめなかった。

「頭に髪の毛もなにもねえ、顔もよくわからねえ、泥人形のようなぶきみなやつらだというんだが、本当に見たことのあるやつはほとんどいねえ。というのは、本当にダネインの泥人に出会ったやつは、例外なくそのまま泥の海の底まで引きずり込まれてしまって、二度と戻ってはこねえからだ、という話だよ。ダネインの泥人はこの泥の海のなかに住んでいて、ジャッパオや、泥魚と呼ばれるひょろ長いノタクリ魚や、ダネインの水ヘビのように、自由自在に泥の海の中を泳ぎまわり、生きてゆけるという話なんじゃ。そんなものが人間にいるわけがない以上、もしかしたら、そいつもまたダネインに住む妖怪変化なんだろうとみなが云うが、じっさいにその姿を見たことのあるものはいねえ。見たらさいご、泥の海のなかで、その泥人どもの仲間入りということになっちまうんだからな」

その話はよくよく得意であるらしく、船頭は繰りかえした。

「遠い昔には、ダネインの泥人に出会って、そのままなんとか生きて陸に戻れたという冒険児もいたことがあるっていう話だが、もうそんなのは遠い昔の伝説だ。いま、こうして日中にゃ、いろいろ泥船がダネインを往復するようになって、泥人どもはおそらく、さらに深い大湿原の奥地へ引っ込んでいっちまったんだろうってことだが、それもうわさばかりさ。なにせ、なんといっても、本当に見たことのあるやつはどこの村にもいねえんだから。もしいたとしても、そいつはただ、泥の海に引きずり込まれた死体になって、二度と見つからねえだけのことだからな」

そういわれて、これまでにいったい、どのくらいの岸辺の村の人びとが、その伝説の《泥人》に引きずり込まれて、このぶきみな巨大な湿原のなかで泥の底で苦悶しながら息絶えていったのだろうと、善良な巡礼団の人びとはおそろしげに泥の海をのぞきこんだ。

ようやく船がルートの桟橋についた。出航するときとは逆に、今度は先端にかぎのついたかぎ棹を岸辺の桟橋から長々とのばして、それを船べりに引っかけると、ルートの船頭たちが、また独特なかけ声をかけながら、船をえいえいと引き寄せにかかる。長い棹をあやつって、むろん船の船頭たちもそれに力をあわせる。

いよいよ、パロ国境をはるかにうしろにして、草原地帯に入るのだ――その思いで、ヨナはまた、こんどはおおっぴらに船べりに出てきて、荷物を足のあいだにおいたまま、まじまじと近づいてくるルートの町を眺めていた。

こちらは、ダネルの桟橋よりはずいぶんと色彩がゆたかなように思われた。基本的にはやはり泥の町、という感じだが、そのあいだに、たくさんの、熱帯めいた植物が茂っていて、ちょっと遠くには林、森としかいいようもないような木々のつらなりも見えるのが、泥ひと色だったダネルの周辺とは一線を画している。だがその分、その木々がみな熱帯植物なので、急にあたりの風景は、あきらかな「熱帯」の様相を呈しはじめていた。

かなり大きな原色の鳥が、何羽も日の暮れかけてきた空を旋回しているのも、その印象を強めるのかもしれない。その鳥は、赤だの黄色だの緑だの、きわめてはなやかな色あいをもった、頭にとさかのある鳥で、ときたま「ゲーッ！」とおそろしく耳障りな声がひびきわたるのでみながぎくっとすると、船頭たちは笑って空を指さしてみせた。するとそこにはたいてい、その原色の鳥がなんとなくばかにしたように空中にとまってこちらを見下ろしているのだった。

鳥だけではなく、熱帯めいたそれらの木々に咲いている花も、ダネルの岸側よりもいっそう華やかさと、あえていうなら暑苦しさを増しているようだった。ルートの岸に渡り板が渡され、船客たちは次々とおっかなびっくり板をわたって、いよいよルートの岸に上陸したが、そうするととたんに熱気が押し寄せてくる——というほどまでのことはなかったものの、やはり対岸よりも基本的に何度か、気温は上昇したように感じられ、急いで巡礼のマントの下の上着を脱ぐものもいたし、暑がってフードをうしろにずらして、オラスにとがめられてあわててもとに戻すものもいた。

それに、明らかになんとなく、湿気は対岸よりも高いようであった。ルートの町は、対岸の町がカラヴィア州の州都カラヴィアであったことを考えれば当然であったが、ごくごくさびれたちっぽけな泥の海の《港町》といったところで、ここでもやはり、泥レンガの建物が四角く、茶色く大地の上にはりついていたが、その数はずいぶん少なかったし、森のふもとに遠く見える、町らしい集落も、ずいぶんとさびしげなものに見えた。ちょうど、たそがれがおりてくる、ものみなすべてが寂しげに見える刻限であったからかもしれない。

（ここが、ルートの町……）

またしても、物珍しさにきょろきょろしながら、ヨナはあたりのようすに夢中で見とれた。沿海州の生まれであるとはいいながら、十二歳の年までヴァラキアを一歩も出たことはなく、そのままパロからの使節をのせた船に乗って、そのあとははるかな旅をしてクリスタルにおもむいた、というだけの経歴しか持たないヨナである。

だが、そのときにも、当然、内陸の中心部にあるパロに到着するためには、いったん船をあがってから、延々と陸地の旅をしたのは事実だったが、あまりにも緊張していたせいか、それともそのあとにあまりにいろいろなことがありすぎたためか、ヨナは、自分でも驚くほど、その旅については、細部を記憶していない。生まれてはじめて、しかも単身ふるさとヴァラキアを離れ、まったく知らない船員やリヤ大臣などというパロの偉い人びとに囲まれて船に乗り、本当は決してそれほど人なつっこいほうではないヨナ少年にしてみれば、ひどい怯えと不安と緊張の連続だったのだ。父も姉もその直前に死んで、母はずっと前に亡くしていたから、ついにこの世でただひとり――天涯孤独の身の上になってしまった、という思いも胸をしめつけていたが、人前では決して泣くまいと思っていたので、泣くとすれば、夜中にあてがわれた船倉の小さな寝台のなかでだけでしかなかった。それも、声を殺して、誰にも泣いたことを気付かれないようにしなくてはと気を張っていたので、ほとんど、ちょっと涙がでてきても、それほど大泣きした覚えはない。

だが、その緊張のおかげで、ヨナには恐しく疲れはてる旅となった。かよわい十二歳の沿海州の少年に、ひとびとはずいぶんとよくしてはくれたが、もともとヨナは内気な学究肌で、大胆不敵な冒険児でもなければ、人なつこい社交的な少年というわけでもない。それに、ヴァラキアで、変態の貴族のために手ごめにされそうになったりして、いろいろと恐しい目にもあってきたので、ことさらにひとをおそれ、怯える内心も起きてきていたが、それをも必死に隠し通して、ただで乗せてもらっている手前、あれやこれやと手伝って働いたりしなくてはならなかった。

タリアで船を降り、長い陸路の旅に入ってからは、むしろ昼間はリヤ大臣の馬車に同乗させてもらえたので、少し気が楽になったが、そのかわり、たえずリヤ大臣の機嫌が気になったり、このさき自分はいったいどうなってゆくのだろうとあれこれと考えるのに精一杯で、とうてい車窓からの景色を楽しむどころではなかった。それにリヤ大臣は、どういうわけかことのほか外気と陽光をいやがり、ずっと馬車の窓という窓にぶあついカーテンをかけさせていたが、たとえ外が見たくても、お情けでパロまで同行させてもらっている拾われた少年では、それをあけてすきまから外をのぞくようなこともできなかった。それゆえ、ほとんどパロに入るまでずっと、ヨナは、自分がどのような地帯を、どういうふうに通って旅行してきたのか、考えてみるとまったく知らなかったのだ。

夜になると宿場についたが、そうなればなったで、急いで進んでいろいろな手伝いをして、リヤ大臣の臨時の小姓をつとめ、気の利くところをみせて、なんとかただで拾って貰った恩返しをしなくてはならなかった。それはべつだん気にならなかったが、逆にかえって、同行の大臣の部下や、ヨナよりは年上だがそれほどかわるわけでもない小姓たちがヨナの身の上や、大臣がヨナをどうするつもりだろうということに好奇心をもやすのが心配だった。かれらにしてみれば、突然大臣が気まぐれに拾ったヴァラキアの孤児、などというものをいったいどうするつもりなのか、それがなかなかに気になってたまらぬところだったのだろう。

（考えてみれば、ずいぶん――辛い旅だったのだな……）

（だが、そうか――あれももう、十年以上も前のことになるのか……あれからもう、十二年もたってしまったのだな……）

　あれもまた、ずいぶんと長旅だったのだ、といまにして思う。リヤ大臣はパロの正使として、いまのヨナたちと同じ道筋をとおっておそらくはダネインを渡って、草原諸国を歴訪し、沿海州を訪れ、そこでさまざまな外交上の取り決めなどをかわしてから、レントの海を船で北上して、ときたま沿岸の自由都市で食糧や水などの補給をしつつタリアにつき、そこから陸路、はるばるとパロに戻っていったはずだ。いまのヨナには、そのルートはよく理解できるが、当時はただ、茫然としながら来る日も来る日も馬車に揺られているだけで、いったい自分がいまどこを通っているのか、このあと何日くらいで目的地のパロに着くのか、それさえも、まったく想像がつかなかった。

　そうして、到着した石の都クリスタルは、想像以上ににぎやかで、華やかで、しかもめくるめく学問の都であり――

（それから、もうあとはただひたすら……何もかも無我夢中で学問をやってきたんだ……）

はるかな、沿海州の日々のことを、ヨナは思っていた。

いま、まもなく、草原をわたり、沿海州に入り、そしてミロクの都ヤガへと旅を続けてゆこうとしているこの身は、すでに押しも押されもせぬ王立学問所の若き権威であり、パロの前参謀長でさえある。リヤ大臣とはだが、クリスタルに到着してからはあまりに結局身分が違い、何回か後援してオー・タン・フェイ私塾に入れてくれるようはたらきかけてくれたり、王立学問所に特例で講義を聴講できるようはからってくれはしたが、それほどしばしば会えるわけもなく、貧しい一学生としての日々がはじまり、自分の食いぶちをもなんとかして自分でまかなわなくてはならなかったヨナは、リヤ大臣になるべく助けをかりるまいと歯を食いしばって頑張った。

うら若いイシュトヴァーンが、自分が身を売って、巨大な夢のために荒稼ぎをしては貯め込んでいた金を、気前よくすべてヨナに「学資にしろ」とくれたので、十二歳とはいえ、ただちに食うに困って働くばかりで学問も出来なくなるようなことはなかったのだが、ヨナはイシュトヴァーンに「貰った」のではなく、あくまでも「借りた」金で、いつの日か出世払いで返したい、と思っていたから、なるべくイシュトヴァーンのくれた金には手をつけまいとした。いまでも、それはその後、多少なりとも金が入るようになってから、もとの金額に戻して、なくならぬように大切にあるところに保管してある。そういう意味では、ヨナは地獄のように義理堅い。だが、当面はそのイシュトヴァーンの金のおかげで助かったのだし、だが、それをなるべく少なくだけ手をつけたかったので、十二歳のときからもうヨナは必死になって、働ける口はすべて探して働いたのだった。また、そういう少年が手っ取り早く稼ぐには、売春しかなかったようなチチアとは違い、さすがに文化の都パロでは、ヨナくらい学問が出来れば、書類作りの助手だの、子供の学問の先生だのと、ちょろちょろといろいろな稼ぎ口にことかくことはなかった。

　そうやって、少しづつ、本当に幼い少年から、多少は成長してアムブラにささやかな下宿を借りられるようにもなったころに、パロはモンゴールの奇襲にあい、リヤ大臣はあえなく戦火のなかで切り倒されて死んだ。だが、ヨナはちょうどまた、そのとき、あたかもヤーンの恩寵か、それとも呪詛のごとくに、もともと弱いからだが無理のしすぎで胸を病んでたおれ、オー・タン・フェイ老師の世話で、ジェニュア郊外のささやかな、僧房が経営する療養所で、勉学しつつ療養するという二、三年を過ごしていた時期だった。それゆえ、ヨナはクリスタルを襲ったモンゴールの災厄にあうこともなかったし、リヤ大臣の死をきいて、恩人のあだを討たなくてはとアムブラの学生たちの決起に加わるということもなかったのだ。

（あのとき……もし、僕が健康なからだで……うわさにきくあのアルカンドロス広場の反乱に参加したりしていたら、もしかしたら、僕はあそこで死んでいたかもしれないな……）

（そうなっていたら、ものごとはどう変わっていただろう。——ばかばかしい。そんな仮定の話など、およそ論理的でないし、僕らしくもないことだ……やはり、長旅で、少したかぶっているのかな……）

もう、長いこと、激烈な騒乱、動乱の日々にとりまぎれて、そんな遠い昔の、ヴァラキアからひとりの幼いほっそりとした少年が長い時間を経てクリスタルに到着した、彼の最初の長旅のことなど、思い出したこともなかった。

（ああ——そうだな。この前、出会ったときには……僕は、イシュトに、金をかえすどころか……ひどいことをいって、もう——仇どうしだ、というようなことを口走ったり——一緒にきてくれ、と乞われたのをむげに断ったり……してしまったんだな……）

あのときには、誰よりも敬愛する、おのれの兄とも、神とも思っていたアルド・ナリスの死、というあまりに巨大な出来事で、やはり動転していたかもしれない。

（だからといって——イシュトに小さいときに受けた恩義は恩義——それはまた、いかにもしあのとき、借りた金子を返せたとしても、とうていおおいつくせないものがあっただろうに……しょうがない奴だ。僕もまだ、まったく人間が出来ていない）

もっとも、当時ならば知らず、ゴーラ王となったいまのイシュトヴァーンにとっては、ヨナの返す金子など、なにほどのものでもないだろう。だが、その当時には、イシュトヴァーンがそんな大金を、からだを売って稼いだ、ということに、ヨナは、しんそこ仰天し、感心し、感嘆し、同時にひどく恐しいと思ったものだ。それを気前よくくれてしまったイシュトヴァーンにも、同じくらい感嘆し、心服したものだったのだが。

(どうしてかな——やはり、こういう旅というのが、ほんとにあれ以来だったからなのかな。……ルートの宿について、これからがいよいよ旅の本番だというのに……ばかに、昔のことばかりよく思い出す……)

(考えてみるともうずっと、あまりにもあわただしい日々にとりまぎれて、何も——昔を振り返っているいとまさえも与えられなかったんだな……)

ひとびとは、荷物を、宿のさしまわしの荷車に積み込み、しだいに暮れてくるなかを、ダネインの大湿原をうしろにして、ルートの町の、予約してある宿へととぼとぼと歩いていった。

歩くかぎりはみな、ミロクのマントをふかぶかとまとってフードをかぶっているから、二十五人ほどの巡礼団がひとしなみに黒いマントのフードをひきさげて、背負える荷物はその背中に背負い、宿の案内人についてゆくオラス老のあとにつきしたがって、まったく知りもせぬルートの街道を歩いてゆくすがたは、さながら二十五個の黒い影が不吉に黄昏の中をさまよってゆくようにも見えていよう。

もっとも、このあたりのものたちは、ミロクの巡礼がパロからダネインを渡ってやってくる、などということにも馴れっこで、何も気に留めてはいないのかもしれなかった。

（ああ――なんだか、寂しい町だな――小さな、さびれた町だからか、それとも、たそがれどきに到着して……きっと宿につくまでにとっぷりと暮れてしまうような、そんな刻限だからか……とても、寂しい気持をおこさせる町だ……）

カラヴィアでは、そんな感慨を覚えたことはなかった。

パロの南端ではあっても、そこはそれで、州随一の大都市ではあったし、活気もあったし、人口もかなり多かった。それに、カラヴィアはむしろ、先日の内乱でもっともいたでを受けておらぬ地方のひとつであって、その前に通り抜けてきた、傷だらけのマルガや、息も絶え絶えのカレニアとはまったく比べ物にならぬ。

品物も豊富だったし、ひとびとも豊かそうな身なりをしているものが多かった。家々のあかりも夜になると華やかに灯されたし、歓楽街のあかりも巡礼たちの心をさえ誘った。

それにくらべると、ルートの町とは、本当に文字どおり泥の町、とでもしか云いようがない。

とぼとぼと巡礼たちが辿ってゆく道は、まだ赤い街道ではなく、ルートの町とはちょっとはなれた桟橋から町なかへと続く、白茶けた、かわいた泥が積み重なって出来た道であった。その両脇で、ルートの泥人たち――これはむろん、いわゆる伝説の泥人ではなくて、カラヴィアのものたちが云うところの《泥まんじゅう》どもであったが――が、何やらせっせと荷車をひいたり、ろばをだましだまし歩かせたり、何も用なげにうろうろしていたりしていた。

　このあたりはほとんど家らしい家というものがないのだな——ヨナは、周囲にときたまそっと検分の目を配りながら考えた。

（ただ、木々と花々と——それに奇声をあげるあの鳥だ……なんだか、ダネインの大湿原の南岸というよりは、もっとずっと南にきてしまったみたいな感じがする……）

　ひとつにはそれは、このあたりが、ルート低地と呼ばれるあたりで、中原でもっとも低い土地だ、ということもある。

　このあと、草原のほうにゆくにはどんどん道はのぼり坂になり、草原そのものはかなりの高原地方といっていい高度になるはずだ。

（今夜はルート泊まりで……明日の朝、赤い街道にのって出発し、草原地方に向かってゆく——まずは、目指すはチュグル・オアシスか……）

　このあとがまた、長い、長い踏破の旅になる。

　馬や馬車を使えばもうちょっとは短縮されるのだろうが、とぼとぼと荷車に荷物を積み、足弱の老女にあわせて歩いてゆく旅は、これからもろにひと月、いや、ふた月はかかるかもしれぬ。

　そのあいだは、パロで何が起ころうと、クリスタルがどうなろうと——世界情勢がどうあろうと、まったく巡礼団の人びとには関知出来ぬ世界になる。ただ、ただ、来る日も来る日も草原のなかを歩き、そして宿場があるなら幸運で、なければ草原のまっただなかで野宿を重ね、食糧が少なくなったら草原の民になんとか分けて貰うようなきびしい旅が続くのだ。オラスは、ルートでかなり大量に食糧と水を補給しなくてはならぬ、ということをかなり気にしているらしい。

それに、草原地方は必ずしも安心とはいえない。騎馬の民には実にさまざまな部族があり、カウロス公国や、トルース、アルゴスのように、ある程度定住の国家を築いている民族はよいが、いまだに完全な放浪の民として生活している連中のなかには、追い剝ぎ強盗をおのれのなりわいとしている、すこぶる物騒な部族もたくさんいるのだ。

オラスは、この団よりももっと大きな、ちゃんと警護の傭兵たちをも同行しているような団を見つけて、それにぴったりとくっついてゆこう、という計画をたてているようだった。だが、それは大丈夫なのだろうか——と、ヨナはひそかにあやぶんでいた。そういう、傭兵をともなっているような団や隊商となると、おおむねが、徒歩ではなく、騎馬や馬車での旅をしているはずだ。それに、老人と女の多いこの巡礼団が、なんとかぴったりついてゆけるかどうか、ということは大変に疑わしい。

（それに、そう都合よく、そういう団がいるかどうかだな……ルートは小さな町だから……）

北岸のカラヴィアがあれだけ繁栄しているのとはうらはらに、いつまでたっても、ルートは、さびれたちっぽけな田舎町である。それは、この町はパロの領土ではなく、おさめている領主らしいものもいない、というところからもきている。なぜ、ルートが、自由都市というほどのものでもなく、ただ、自然発生したただの村落のような状態でうだうだとこのダネインの大湿原にはりついているのかといえば、それは、ひとつには草原の民の掠奪を受けることが多かった、ということもあるという。

（いよいよ——なかなか、油断のならぬ本当の旅がはじまるというわけだ）

ようやく、ルートに到着したときには、もうあたりはとっぷりと暮れていた。世にもさびしげな灯火がちらちらと数少なくあたりにまたたいているのを数えながら、ヨナは、またしても、（はるばるときてしまった……）という思いにうたれていた。

第四話　青き空の下で

1

結局、もの寂しいルートの町をオラス団の一行が草原にむけて出立したのは、それからさらに数日後のことになった。

団長のオラスは、おのれの団が老人と女ばかりであること、あちこちでさんざん、草原の物騒な事情についてきかされたこともあって、傭兵づきの大きな団のうしろをついてゆこうともくろんでいたのだが、ルートの町にきて判明したことは、いまの時期、そのような大きな巡礼団も隊商も、まったくこのあたりに訪れていはしない、という事実であった。

季節柄も確かにある。――もうちょっと前ならば、秋蒔きのガティ麦の収穫の季節で、その収穫物を積んで南へ売りにいったり、パロへ積み出しをする農民たちの群れがあるだろう。もっとずっとあと、秋も深まってくればこんどは春蒔きのガティ麦だの、果実の収穫、木の実、秋の野菜なども登場してくる。また、春に生まれた子豚や子羊がそこそこの大きさになるから、それを売りにいったり、それを肉にして加工したものを売りにゆくものたちもあらわれるし、そうして金が動くのを見定めてもっと大きな商いをするために大都市へ向かってゆくもの、大都市からやってくるあきんども多々あらわれてくる。

そうやって人々が動くと、不思議なもので巡礼団だの、ただ単なる旅のものたちも動きだすのだが、いまは、気候はよいわりには、あまりそういう動きのない時節であった。というよりも、気候はまさに、春まきの農作物の面倒をみてやったり、春に生まれた家畜の世話をしたりという、人々がそれぞれにおのれの生業に忙しく、なかなかに旅に出ようと思い立つにはいたらないような、そういう時分どきであったのであった。

むろん、それはサラミスの農夫たちといえど事情は同じなのだが、逆に、サラミスではこのあたりよりもっとずっと気候がよく、ガティ麦は四季蒔きであるし、しょっちゅうさまざまな農作物の収穫がある。

「いつ発っても、同じことじゃからな。こういうことは、思い立ったときでねえと、とうとう一生出来ねえと思うし」

オラスは、この時期の出発は珍しいのではないか、と問うたヨナに、言い訳のようにそうもらした。

「というより、わしらはもう、この年じゃから、一度ヤガへ向かったらおそらくもう二度とサラミスに戻ることはなかろうでな、もうそれでもええと思って出てきたのだが、こんなに、ほかにも同じように考えている村の衆が集まってこようとは、わしも正直考えておらなんだのじゃ。驚いたが、このところはパロでも内乱だの、さまざまな政変だのがあいついだでな。田舎のサラミスといえど、多少、世をはかなんだり、それにつけてもミロク教徒となって、せめて一生に一度はヤガを拝んでおきたいものだ、と念願するものたちが大勢いた、ということだったのじゃろう」

「なるほど……」

ヨナはなかば納得したが、しかし、そのようなわけで、オラスが探しているような、一緒に草原を下ってくれる大きな隊商や巡礼団はなかなかにカラヴィアから泥の海を渡ってはこなかった。

その間、オラス団の人々は、ルートの町に足どめになった。ここでは、宿屋にしょんぼりとしているほかには、たいして見るものもないし、ゆくべきところとてもなかった。何か、ほかと違うものがあるとすれば、それはダネインの大湿原だけであっただろうが、正直のところ、かれらにせよ、もう、ダネルから泥船で渡ってきただけで、大湿原の観光については充分すぎるほどだ、と思わざるを得なかった。それは正直、特に見映えのする景色でもなかったし、確かに奇景ではあったが、いったん目が慣れてしまうと、延々とまったく変わらぬ色あいの泥の海が続くだけで、特に面白いことは何ひとつ起こらなかった。

カラヴィア市中であれば、まだしも、歓楽街もあれば——ミロク教徒であるかれらにとっては、そうして歓楽街で女を買うようなことはかたく禁じられていたのだから、それはただある、というだけの話だったが——商店街も充実している。古い都であるから、名所旧跡なども意外に存在していて、何日か滞在せざるを得なかったら、あちこち名所見物にまわることも出来たであろう。

しかし、このルートではそうもゆかなかった。ルートの町そのものが、人口もうんと少ない上に、この町はそもそもが、ダネインの大湿原の渡し船が到着する、という以外、何もない町である。町というのは名ばかりで、村落、というほうが正しい。町なかに、店といってもじかに道の上に板を出してわずかばかりの野菜や干し肉などを売る露店だの、季節の果物や乾果などを籠にいれて運んできた老婆がそのままその籠を店がわりにそのうしろに座り込んで客を待っている、そのていどのものしかない。

このルートでは、大半の住民はダネインの大湿原の渡し船にかかわる仕事で生計をたてている「泥まんじゅう」であった。それ以外のものはまた、小さな泥船を出してジャッパオやダネイン特有のふしぎな生物をとっている泥の海の漁師である。その意味では、本当にルートはまったくの田舎町なのだ。宿屋も、対岸のカラヴィアから到着してくる旅客を迎えるために、大きな本陣が一軒あって、あと中小のはたごがかなりまとまってあるほかは、それこそ普通の漁師の納屋を金をとって木賃宿がわりに貸したり、そのようなものしかなかった。むろん、オラス団のようなささやかな小さな巡礼団は高い本陣などには泊まらない。それは、各国の偉い使節団や、富豪が持っている大きな隊商を泊めるためにあるのだ。

そして、また、いかに大きな隊商がやってきたとしても、そのものたちもとにかく、ただ一夜、ダネインを渡り終わった夜に泊まるための場所を求めるばかりで、ルートに長々と滞在しようなどというものはいない。ここは本当にただの通過点なのだ。早朝一番の船でダネルを出れば、早い船なら午後なかばにはルートに着く。そうすれば、なかには、ルートで泊まることをいさぎよしとせず、そのまま街道にのって旅を続けてゆくものも多かった。逆に、そのような旅客が多かったからこそ、ルートには、女郎屋だの、歓楽街、また長期の滞在の可能な豪華な宿などはいっかな発達しなかったのである。といって貧しいうらぶれた女郎屋の群れが、町はずれにないわけでもなかったが、これはむろん、ミロクの巡礼たちには何の用もない場所であった。

要するにルートはダネインを渡って到着した旅客たちにとっても、あまり魅力のない町であった。それに――とヨナはほかにすることもないまま、毎日、宿屋の入口に座ってぼんやりと外を眺めながらひそかに考えていたものである。

（なんというか……この町には、およそ活気というものがないな。——たぶん、この町にも、何回か、対岸のカラヴィアがあれだけ繁栄しているのだから、もっとなんとかならないのか、というような動きや動議も出されたに違いないのだが、それを実行するには町びとたちがあまりに無気力であったり、やる気がなかったりしたのかもしれないな。……なんだか、町全体が、寝ぼけて、年老いて——もうすべてを諦めて、投げてしまったかのようにみえる……こんな町に長いこと暮らしていると、それこそこちらもだんだん、この町を占めている無気力が伝染してきて、何ひとつ大きな望みも、活気ある野心も、生き生きとした感性も失ってしまいそうだ……などといっては、この町のものたちに申し訳ないのかもしれないが……）

だが、ヨナの見たところでは、おそらくちょっとでもそういう活気のある人間は、若いうちに、ダネインを渡ってカラヴィアのほうへいってしまうのではないか、という感じがする。ルードの町でかなり目立つのは、若者や子供の姿があまり見られない、ということであった。

といって、町がずっとこうして続いてきている以上、まったく後継者がいない、ということはないのだろうが、なんとなく町全体を眺めていると、老人や老婆のすがたばかりが目立ち、壮年の「泥まんじゅう」たちももうそれぞれにかなり老いのほうに近い年齢になっているように見える。それで、いっそう、ルードの町がうらぶれて、物悲しく、旅人の目に映ずるのかもしれなかった。

オラスはしかし、なおも一、二日ねばったが、待機が六日になったところで、ついに諦めた。何よりも、かれら自身の持ってきている路銀とても、そんなにも無限なものとはとうてい云えなかったし、たとえ粗末な木賃宿に毛が生えた程度の宿といえども、そこでそう長期滞在をしていることは、やたらと宿泊費用がかさむ、というだけのことだったからだ。

「こんな景気のわりい町でなけりゃ、もっと、町のなかで商売も出来りゃ、取引も出来るんだがの」

オラスは苦笑して団のものたちに云った。

「そのつもりでみんなそれぞれに、多少持ってきている反物だの、いざというときに売れる秘蔵の品だのあるんだがの。だが、こんな不景気なしょぼくれた町で売ろうとしても、買ってくれるものもおらんばかりか、もしいたとしてもさんざん安く買いたたかれるだけじゃ。そのくらいなら、大事に持っていってヤガでの新生活のもとでにしたほうがどれだけかよかろうというもんじゃでな」

それはまさにそのとおりであった。

「もう、これ以上、ここで時間をただムダに食っておるわけにもゆかんで、明日にはわしらも出発することにしよう。昼間だけ歩いて、夜は早めになるべくオアシスからオアシスへ、野営をなるべくしないようにして歩いてゆけば——ともかく、宿のものに聞いた話では、特にこのごろ物騒なのは、チュグルを越えて、ウィルレン・オアシスまでの短いあいだのようだ。チュグルを過ぎるとウィルレンまでは、ごくごく小さな、オアシスともいえぬようなのがあるほかは、街道ぞいに何にもないし、そのあたりから獅子原がはじまるで、騎馬の民が横行しはじめるというでな。だが、無事にウィルレン・オアシスを越えてしまえれば、そこからスリカクラムまでは、比較的安心じゃろうという話だった。——もっともスリカクラムの北に、クラクラ砂漠という小さいがなかなか手ごわい砂漠があるという話だが、そこは、逆に、手ごわい砂漠なので、たちの悪い騎馬の民はおらん、という話だったからな。——クラクラ砂漠の手前に、コンラン・オアシスというオアシスがあって、小さな集落があるので、そこで充分に水と食べものを補給し、また、コンランの村で必ず案内人を雇って一気にクラクラ砂漠をこえれば、あとはもうなんにも危いことはない、スリカクラムからヤガまでは、平和なおだやかな旅路になるだろう、という話じゃった」

「そこまでが大変なんだねえ、お前さん」

女房のヴァミアが金切り声をあげる。オラスは手をあげて制した。

「やかましい声を出すでねえだ、女房。——そりゃ、この、チュグル‐ウィルレン道をとらずに、ルートからそのまま南下してランガートに下り、そこからランドス、リャガ、トルフィヤ、スリカクラム、と旅してゆくなら、チュグルまでが少し騎馬の民の追い剝ぎが心配なくらいで、ぐっと安全な旅にはなるらしいが、そのかわり、こっちは、ウィルレン道の三倍は時間がかかるというぞ。正直、このルートでの泊まりだけでもかなり予定より費用に足が出ているのを、それだけ時間がかかってしまったら、わしらはみな、途中で路用切れでどこにも動けなくなって、どこか——たぶんリャガあたりで、しばらく働いて路銀を稼がなくてはならんようになるだよ」

「そりゃあ大変だ」

人々は口々にオラスの判断に賛成した。

「正直、わしらもそこまで長いことかかると、からだのほうも心配だよ。少しばかり危険があっても、昼間だけ歩いておればなんとか危険を避けられるようなら、ちょっとばかりの危険はあえておかしても、三分の一の時間でスリカクラムにつくようにしたほうがいいじゃろうな」

「わしもそう思う」

「わしもだ」

団の、おもだった男たち——それはほとんどみな老人であったのだが——が、口々に賛成するので、なかには、「でも、追い剝ぎが出たらどうするの?」「怖いよ。追い剝ぎで酷い目にあうのは、いつだって女たちなんだよ」とひそひそ、あるいはかなり大きな声をあげる女たちもいるにはいたが、なんとなく、長老たちの声に押しきられた格好になった。

というようなわけで、サラミスの農民オラスの率いる巡礼団は、ルートについて六日目の朝に、ルートの宿で出来るかぎりの――そしてかなりとぼしくなってきたかれらの路銀で出来るかぎりの食糧と水を調達し、荷物を一行のなかでは一応若手である男たちが交代にひく荷車にのせ、そしてその荷車をまんなかに、先頭にはオラスと老人たち、そのうしろに女たちとほんの数人の、若い女性がともなっている子供――そのなかにはオラスの孫のユエなどもいた――そしてしんがりに足の遅い老婆たち数人がついて、ルートを出発したのであった。ヨナは荷車をひくことは、「とてもそのからだじゃ無理そうだし、これはけっこう経験がいるから」ということでいささか不名誉にも、荷車班の四、五人の男たちから拒否されていたのだが、そのかわりに、荷車のうしろについて、そのしんがりの老婆たちが「こぼれねえように、見張っててやってくれ」という任務をおおせつかっていた。それはだが、ヨナにも助かることであった。というのは、ヨナのほうも、決して、体力に自信のあるほうではなかったし――若くはあったのだが、なにしろさらに若いころに、胸を病んで療養所にいた一時期もあるくらいであったし、もともとうてい頑健とはいえなかったのだ。また、この時代の人間であるから、当然歩くことについては、それほど抵抗もなかったし、それなりに歩けたものの、またこのサラミスの農民たちというものは、年をとってはいても、とてつもなく頑健で、とうていヨナの太刀打ちできるような体力ではなかったのであった。

だから、ヨナにとっては足弱の老婆たちの面倒をみてやってくれ、と頼まれたことは、もっけのさいわいであったし、また、そこにいたるまでのヨナのようすをみていて、かれらがそのようにはからってくれたのだ、ということもわかっていた。

それに、もうひとつ、ヨナにはあまりおおっぴらに出来ないが、そうしているとほっとする事情があった。しだいに、未亡人のハンナと、オラスのゆかず娘のルミアの、ヨナをめぐるさやあてがひそかに激しくなりつつあったので、どちらともどうともなる気などないヨナにとっては、その両方からはなれていられるのはありがたかったのである。ルミアもハンナも群れのまんなかの、女子供のあいだに入って歩いていたが、しだいに反目しあってきていたので、なるべくはなれて歩くようにしていた。むろん、平和を愛し、決してひとといがみあわない、というのが原則のミロク教徒であるから、面と向かってつのつきあうようなことは決してないが、その分、そうやって団のなかで二人の女がひそかにいがみあっていること、それがなぜか、ということはほかのものたちにもまるわかりである。それはヨナにはひどく居心地の悪いことであった。

ともあれ、そのようにして、オラス団は出発した。ルートの宿のものたちは、人は悪くはないのだろうが、しかし長年そうやって沢山の旅客を受け入れたり、送り出したりをくりかえし続けて生活してきて、いささか新鮮な感覚がすりへってしまって泥まぶしになってしまった、というようなところがあった――それで、べつだん、かれらはオラス団との別れにも何の感慨もみせるでもなく、特に強く警告するでもなく、何の感傷もなくかれらを機械的に、ごく職業的に送り出した――その朝は、その宿に泊まっていたのはオラス団だけで、赤い街道に入ってみても、見渡すかぎり、ほかにはそんなに巡礼団や隊商や旅行団がいるようには見えなかった。

「やっぱり、いまは季節はずれなんだな」

オラスは言い訳するようにつぶやいた。

「だがまあ、おかげで宿がすいていて、よくしてもらえてよかっただよ」

ものごとを、よいほうへ、よいほうへ、よいように、よいように、と見ようとするのは、ミロクの徒のこれまた第一の原則であった。

そうやっていよいよ案内人もないままに草原地方にむかって乗りだした一行であったが、最初のうちは、その旅はごく順調であるように見えていた。どちらにせよ、道がわからぬといっても、草原のなかにも赤い街道は続いている。というより、何ひとつほかにはない広々とした草原地方のなかに、ただ一本、赤い街道だけが切り開かれて続いている、というのが、むしろきわめて特異な風景でもあるのである。

ルートを出て、数日のあいだは、あたりはまだ、どちらかといえばルートに所属する景色をみせていた。泥レンガづくりの家々がぽつり、ぽつりと二、三軒づつの小集落をかたちづくり、そのあいだに葉っぱの大きな、原色の花々の咲いている南国めいた景色である。そうして、そのような景色のあいだは、その小集落を見つけて頼みこみさえすれば、馴れているようすですぐにそれぞれの家にわけて巡礼たちを分宿させてくれた。街道の上で夜になるというのはなかなかに危険なことであるから、必ず宿をみつけるように、とオラスはかたい忠告をうけていたので、いささか路銀が心細くなってきはしたものの、極力、あまり無理をしないように、そして夜は必ず屋根の下に泊まれるようにと心がけて旅程を考えていた。そのゆえに、なかなか道ははかどらなくもあったが、オラス団は老人や女子供が主体であって、壮年の男は荷車をひいている数人だけだったので、それでも充分、というよりも、それでようやくみんながついていけている感じであった。

すでに、旅はまだようやく三分の一というところであったが、かなり疲労の色が濃くなってきているものもいた。ことに、しんがりのグループにいる老婆たちのなかには、足が悪かったり、病もちのものもいて、そのような連中は、ときにあまり具合がよくないと、荷車にのせてもらって、しきりとすまながりながら荷車に積み上げた荷物のあいだで荷物につかまっていたりしたが、これはまた、ひとが乗るように作られたものではないので、決してそれほど楽な旅になったといえたものではなかった。

ルートの町でかなり休養をとったので、それでももともと元気なものは、老人であれ元気を回復してはいたが、老婆たちはけっこう参ってきているようであった。だが、逆にまた、ミロクの信仰心が一番強いのもこの陽気な老婆たちであったので、彼女たちはしだいに大声でミロクの聖句を唱えながら歩くようになり、ミロクの聖句さえ唱えていれば、なんとか夜の休息まで「ミロクさまの恩寵で」からだがもつようであった。

ルートを出て数日目、突然に目の前の景色が変わり始めた。その変化は唐突で、そして圧倒的であった。

「ああ——」

思わず、人々は、まだ道の途中ではあったが、足をとめて、溜息をもらしたほどであった。

「緑だ……」

「緑の海だ……」

それまでのかなり長いあいだ、かれらは、ずっと、基本的には泥の色の風景をしか、見ていなかったのだ。

むろん、そこに多少の広葉樹とその花々だの、原色のけたたましい鳥だのはいたものの、基本となっているのは「泥」であった。泥ひと色に塗りたくられた風景に、相当にかれらはうんざりもしていたのだ。

だが、いま、赤い街道がふいにかなり急な上り坂になってきて、それまでが平らかだっただけに荷車班も、老婆たちも悲鳴をあげながらのぼっていたのだが、のぼりきったとたん、かれらの目の前に突然に開けてきた景色は、それとはまったく異質なものであった。

「ああ——」

「草原だ……」

「これが、草原地方か……」

その驚愕と感動にみちて、かれらはしばらくそこに足をとめ、茫然と、これまでまた見たこともないようなその風景に見入った。

それは、まさしく草原そのものであった。広大きわまりない「モスの海」と呼ばれる草原地帯。

これもまた、ダネイン大湿原よりもさらに広く——いかに大湿原が広大であるとはいうものの、その四倍、五倍以上もあるようなとてつもない広さでダネインの南側にひろがっている地域である。その両端はどんどん坂になってゆき、ついには両側で高原地方となっている。草原地方は、北端はダネインの大湿原、東端は南ウィレン高原、そして西端はダル河の西にひろがるダルシン高原、そして南端はいうまでもなく沿海州とレントの海によって区切られている地域であるのだ。

いま、かれらの前にひろがっているのは、草原のもっとも平らかである部分であるので、なめらかな起伏のある広野がことごとく風になびく草で覆い尽くされ、そのところどころに灌木が茂っている、という、非常に豊かに見える光景であった。

そのなかに、赤い街道がどこまでもどこまでもひと筋ひろがっている。それは、だが、パロの努力のたまものであった。パロは草原の大国アルゴスと婚姻によるきずなを結び、それによってアルゴスまでのルートを確保すべく、巨額の費用をつぎこんで、いくたびもの工事を経てようやく赤い街道の「アルゴス・ルート」を完成した。それが、カウロスをぬけ、ルアン・オアシスのリャガからアルゴスの首都マハールへといたる長大な街道である。その後、さらに草原諸国の若干の参加があって、ランガート－チュグル間だの、チュグルからリャガだの、またチュグルからスリカクラムだのと、少しづつ、長い長い年月を経て赤い街道の網の目が、この草原地方にものびていったのだが、それでも、ここはまだ「緑の死の海」ともひそかに渾名される、草原の民よりほかのものを受け付けないおそるべき「緑の砂漠」でもあった。

何よりも、ここでは、都市というものがほとんど成立していない。それは、むろん、ここに住み着いた人々の気性が基本的に遊牧民族であり、定着を好まぬものたちであったから、ということもある。だが、それ以上に、この草原は、見た目の、大湿原とは正反対の肥沃な印象とはうらはらに、「ひとの定住をなかなか受け付けぬ」難物なのであった。何よりもまず、この草原の草というものは、深く根をはり、二タールもの深さにまで根をはびこらせている種類が主となっていて、この草原を開拓してもしも本当に肥沃な農地と変えようとしたら、それはとてつもない労力を必要とする。

その上に、この草原の草はみなおそろしく活力にみちていて、根を根こそぎ、二タールの深さまで引き抜いて開墾したとしても、ほんのちょっとの根っこさえ残っていれば、あるいは種が風に吹かれて飛んでくれば、たちどころにまたもとどおりに生い茂ってしまい、ちょっとやそっとの草とりなどではとうていかなわないほどに強靭そのものなのだ。むろん一種類だけではないが、草原を構成しているさまざまな草はみな、そうした強靭な生命力にみちあふれ、ガティ麦だのエンバクだの、そういう農作物などまったく受け付けぬ。

アルゴスやカウロスの都市部では、盛大な焼き払いを重ねた結果、ようやく草原は肥沃な農地に変わってきたのだが、それとても、パロのような肥沃な土地柄ではともなわぬ労苦をつねにともなった開墾の結果であった。ちょっとでも手抜きをしたが最後、たちまち「あたりは再びモスの大海」と化してしまうのが、この草原の「自然のおきて」にほかならなかったのだ。

2

しかしまたよくしたもので、このゆたかな草原の草は、遊牧にはこの上もなく向いてもいる。

馬、ヒツジ、ごくまれに都市部の近いところではウシなどを放牧しつつ一生を送る草原《フラー》の民は、いわばまったくもとでのいらぬ巨大な飼料を足元にかかえこんでいるようなものなのだ。よく混同されるけれども、騎馬の民と草原の遊牧民とは似て非なるものである、微妙に違うものである、ということは、草原の民そのものが強硬に主張するところである。なかにはアルゴスのように、その双方が折り合いをつけて暮らしている、という場所もないわけではないけれども、基本的には、草原の遊牧民は「自分たちは、平和な遊牧民であって、凶暴な騎馬の民とは違う種族である」ことを主張するし、騎馬の民どうしのあいだでも、なになに族はほとんど盗賊と選ぶところのない、というよりも盗賊そのものの凶悪な連中だが、自分たちはむしろ草原の遊牧民を守り、草原の平和を重んじる、戦士の誇りをもつ部族である、というようなことを互いにいいあい、他の部族をそしりあって罵り合ったりすることがたえない。

それゆえに、草原の民のあいだでもけっこう時に激しい部族間の争いがあって、大戦争ともいえるものが勃発することもあるし、ときには定住している連中はもはや遊牧民でも、騎馬の民でも草原の民でもない、といって、小さな定住地の都市を襲って掠奪する騎馬の部族もいる。もっとも、さすがにアルゴスやカウロス、トルースくらいの規模になると国家が国家として機能しはじめているから、そうした不逞のやからに対しては厳罰をもってのぞむので、そうした国家の都市を襲おうというものは少数の凶悪な騎馬の部族のなかにもほとんどいない。かれらが主として狙うのは、家畜の群れを率いてのんびりと草原を旅しつづける遊牧民たち、そしてそれらが草原にも一応はある短い冬のあいだなど、家畜たちをのんびりと休ませ、たっぷりと草をはませるためにどこかのオアシスに落ち着いて作り上げる天幕のかりそめの村、そして赤い街道をひっきりなしに往来している、はるか遠くからのものも含めての旅客たちであるのだった。

それはもう、草原を旅するものの脅威として、つとに知られているがゆえに、周辺の大国から南北へ往来する旅慣れた隊商団などは、専属の傭兵団を雇って、それに護衛させながら旅をする。そうした凶悪な騎馬の民は、騎馬の民のあいだでも敵視されていたりするので、決して大部族ではない。それゆえ、ある程度の人数の警備がともなっている団や遊牧民のことは襲わないし、勇猛で知られる遊牧民の群れなどには決して手出しをしない。そのあたりの事情は、騎馬の民のほうがよく心得ているのだ。

だが、それらの騎馬の民にとっては、それらの《獲物》は、結局のところ、遊牧民にとっての、かれらが連れ歩いている《家畜》と同じようなものなのだ、というのが、それらのものたちの理屈である。まったく得手勝手な理屈ではあるが、かれらにとってはちゃんと筋道のたった理屈であるには違いない。そして、遊牧民たちのほうは、自分たちは「まっとうな良民」であって、そのようなごろつき、追い剝ぎをなりわいとする騎馬の民と同一視されたくない、と強く思っているのであった。

しかし、いずれにもせよ、騎馬の民と遊牧民たちとに、共通しているといえるのは、この広大な「モスの大海」を棲家とし、それも定住する家をもたぬ、さながら大海の魚の群のように自由自在にそこを泳ぎ回って生活することで一生を送ってゆく、非定住民族である、ということだ。かれらはもともと、どうしてもひとつ場所に縛り付けられることを好ましく思わないし、また無理に縛りつけられればそれこそ自分らしい生き方を奪われてしまうように感じて半狂乱にもなるだろう。そしてかれらはその自由な、一生風来坊として住所不定のまま草原をさまよう暮らしをこの上もなく愛していて、定住を選んでしだいに都市を形成し、あたりまえの生活をするようになっていった都市部のものたちを、「もう、草原の民でもなんでもない」と強く侮蔑しているのもまた、どちらのものたちにも共通していた。

（いったい――このような広大な草原に、馬をかり、家畜を追い――朝から夜まで、ただ何者にもゆきあわぬまま、道なき道をさすらい続ける人生というのは、どのようなものなのだろう……）

ヨナは、目にしみるような草原の緑にみとれながらも、どうしても、そのことを考えずにはいられなかった。

沿海州の《海の兄弟》たちも、一生を船の上で、波にゆられておくるのだ、ということを誇りにしているが、それでもかれらにはふるさとがある。故郷に戻り、港に船を停泊すれば、そこにそれぞれの家もあれば家族も、知り合いも友達もゆきつけの居酒屋もある。馴染みの女や恋人が待っていてくれる幸運なものもあろう。そしてまた、波にゆられて一生を送るといっても、それは航海の期間だけで、たいていの船乗りはある年齢になればもう、船をおりる。

そうして、あとはのんびりと港で、干してある魚に寄ってくる海鳥を追い払いながら酒でもくらって暮らすようになるのだ。だが遊牧民族たちは一生、その漂泊の暮らしをとどめることはない。それは、同じようにも見えて、実はたいへんな違いではないか、とヨナは思う。

（ああ――それにしても、確かに……《モスの大海》とはよく云ったものだ。よくぞ名付けたものだ……）

こんなふうにして、草原のなか深く分け入ったことは、ヨナははじめてであった。

同じ広大な、ひと色に塗りつぶされた地平線といっても、ダネインの泥ひと色となんと違う、なんと表情ゆたかなひと色だろう、と感心するほかはない。そもそも、草の葉はひと種類ではない。さまざまな、実にさまざまな草がこの広大なステップを構成していて、そのなかから馬もヒツジも《フラー》ウシもほかの草原に住む野生の草食動物たちも、それぞれにもっとも好む草や、そのときどきの健康にあう草をはむ。食べたい放題にかじりまくったところで、この広大な草原が枯れてしまうおそれはまったくない。

むろんそのなかには、そうした大ぶりの生物だけでなく、小さな肉食動物や、実にさまざまな種類の鳥、また数知れぬ昆虫や節足動物などが住まわっているだろう。《モスの大海》は本当の大海と同様に、きわめて沢山の生物をそのなかに生かす恵みの海である。

そして、風が吹けば、その、それぞれに種類の違う草原の草がいっせいにひるがえり、その緑、その葉の裏の白がかった緑が実にさまざまな色合いを零す。「緑」というものはこれほどの種類があったのか、とつくづく感服させるような、それはありとあらゆる「緑」の饗宴のようである。

そのなかにまた、むろん、草原特有の灌木が群れをなして生い茂っているが、おそらくは、木々がのびてくるより先に草がびっしりと根をはびこらせてしまうからなのだろう。草原には、これといった大きな木があまりない。たまにはないことはないが、基本的には草原の木々はみなたけの低い灌木である。

同じように、身を隠す場所がないゆえか、人間や家畜に危険を及ぼすような、巨大な肉食獣もまた草原にはあまりいない、とされている。「草原犬」と呼ばれているクンカという、小型でけっこう獰猛な群生の野犬が棲息している、という話はきくが、ほかにはあまり巨大な獣はいないようだ。それもまた、当然、草原の民が家畜の群れを放し飼いにしながら悠然とこの《モスの大海》を泳ぎつづけてゆく一生を送るための必要条件であるに違いない。

（こういうところで……一生を過ごすというのは、どういう気持がするものなのだろう……）

自分とても、もしもヤーンの、あるいはミロクの気まぐれで、この土地に産み落とされたならば、当然、草原の民として生きてゆくことになったわけだ――ヨナは、その見渡すかぎりさやさやと草が風にいっせいになびいてゆく、あやしいほどに複雑な緑ひと色に覆われた草原のなかに一筋だけのびてゆく赤い街道を歩きながら、そう考えていた。

（もしここに生まれ、この土地しか知らなかったとしたら、当然――もっとほかの生き方がある、などということは、考えもつかなかったに違いない。事実、僕だって沿海州を出て実際にパロにやってくるまで、自分がどれほど、《狭い池の中の魚》であるのか、ということなど、知ってもいなかった。――はじめて見るクリスタルの都は驚きの連続だったが、いまの自分は、いつしかにそれにすっかり馴れて、当り前だと思うようになってしまっている――そうして、ダネインの大湿原に驚き、この広大な《モスの大海》に驚いていている……）

またしても、ヨナの心は、ナリスがあれほどノスフェラスの砂漠をひと目見たがっていた追憶に飛んでいった。

（そう――ナリスさまのような、傑出したかたにとっては……自分のような凡庸なものが、こうして実際に見なくてはわからぬ、こういう――自分のまったく知らなかった世界の壮大さが、いながらにして、いや、それどころか……カリナエにずっと寝たままでおられながら、すべてまざまざと想像されるのだ。……だから、ナリスさまは――それを目の前で、おのれの目で見たい、と望んでやまなかったのだろう。――見せてさしあげたかった。まあ、グインどのと会えただけでも少しは、ナリスさまの思いもむくわれたかもしれないが……）

オラス団の旅は、来る日も来る日も赤い街道を歩き、そしてはたごに泊まり――そして今度は延々と目の前にひろがるダネインの泥の海を眺め、それからこんどは泥の町ルートで延々と待って――というものから、こんどは、はてしなくひろがる、ゆるやかな上り坂を描いている草原のまんなかを抜けてゆく、赤い街道をこつこつと歩いてゆくものにかわっていた。

　団長のオラスは、ひどく、凶悪な騎馬の民に襲われることを警戒していたが、日中はとりあえず、騎馬の民はおろか、赤い街道を歩いていったり、あるいはこちらに向かってくる、別の旅人たちとすれちがうことさえまったくなかった。たまたまそういう時期だったのかもしれないが、どんな時期でもいるはずの早飛脚が、早馬をとばしてかれら巡礼団を追い抜いてゆく、ということもない。それは、いっぽうでは心細くもあったが、とりあえずかれらは二十数人もいたのであるから、そうして身をよせあっていれば、そのなかに多少なりとも屈強な男、と呼べるものもいないではなかったし、とにかくこの草原の無人地帯をさえ抜けてしまえば――という思いで、かれらはひたすら先へ、先へと急いでいた。

　思ったよりも、オアシスとオアシスのあいだが遠かった――というよりも、オラス団の構成員が、やはり基本的に老人と女子供が多かったので、普通の巡礼団よりもさらに、一日に歩ける距離が短かったのだろう。それで、いよいよ草原に乗りだしていって、最初の一日は、ついにオアシスにたどりつけぬままに日が暮れてきて、オラスは非常に緊張しながら、「やむを得ん、今夜はここで野宿するだ」という決断を下した。

「ただし、火をたくと騎馬の民に目をつけられるといけねえだからな。日が落ちてしまうと寒かろうが、子供をつれてるものは子供に一枚余分にきせかけてやって、互いに身をよせあって、荷車のかげで一晩、かわるがわるに見張りをしながら眠ることにしよう。――明日には、なんとかオアシスに到着して、ちゃんとベッドのある宿屋に入って休めるだろうからな。――食べ物も、料理しなくてはいけないものは諦めて、今夜は干し肉と乾果と干し煎餅だけで我慢するんだ。ゆっくりかんで水でふやかして飲み込めば、少しでもうんと腹が膨れるだからな」

さいわいにして、一行はすべて、ミロクのかたい信仰にこりかたまっている面々ばかりであったのだから、ミロクのみ教えにのっとり、そのような野宿についても、粗末な食事についても、ミロクへの感謝を捧げてありがたく受け入れ、何もオラスに文句をいったりするようなものはいなかった。その点だけは、ミロク教徒の巡礼たちというものは、きわめて始末のよい人々というべきであった――いや、決して「その点だけ」というわけではなかったのだが。

その夜は、ことに子供をつれた女たちや、若い女――といってもこの団で「若い女」といえるのは、すでに三十をこしたオラスの娘のルミアだの、もっと年をくっている未亡人のハンナあたりであって、本当の意味での「若い娘」というものはこの団にはほぼいなかったのだが――には、耐え難いほどに恐しい一夜になったかもしれなかった。彼女たちはかたく身をよせあって、荷車を背にしてひとかたまりになり、暖をとりがてら、あたりを警戒して、ほとんどい寝がてに過ごした。そのまわりを老人たち、老婆たちがかため、さらにその一番外側に荷車班の一応この団のなかでは「屈強」とされている男たちが寝ずの番に立った。ヨナは多少みなが扱いに困るようだったが、一緒に歩いているよしみで老婆たちと一緒にやすむことにした。あかりもつけられず、かがり火もつけないとなると、夜が更けてくるとあたりは真の暗闇になり、そのなかで遠くかすかに、あやしげな獣の吠え声が風にのって聞こえてきたり、奇妙な鳥の声が聞こえてきたりするたびに、子供が不安な声をあげ、それをシッと母親が緊張しながら制したりして、なかなかに、恐しい一夜であった。そのうちに、こうこうたる満月がのぼってきて、この怯えた一行を照らした。

オラスが先導して、ミロクへの祈りをずっと唱えさせたので、かれらはパニックになることもなく、とりあえず不安にふるえながらも無事に朝を迎えることが出来た。さいわいにしてなにごともなくすんだし、朝になるとその不安も消えた。だが、満月と素晴しい星空があらわれてくればきたで、こんどはその明るさで、恐しい騎馬の民をかれらのところに引き寄せてしまうのではないかと、なかなかにかれらの不安は消えるひまがなかった。

ひたすらミロクの聖句をとなえ、ミロクの慈悲と守護をこいねがいながら過ごした一夜がなんとか無事にあけると、かれらはげっそりと寝不足の顔をほっとして見交わしたが、しかし、ひとというのはなにごとにもすぐ馴れてしまうものであった。その次の夜には無事、ささやかなオアシスにたどりついて、赤い街道ぞいの小さなオアシスの宿でこんどはすっかり安心して眠ることが出来たが、その翌日は、また野宿しなくてはならなかった。本来は、普通程度の速度で進める旅人たちならば、ちょっと時に強行軍になっても、とにかくオアシスからオアシスへ、宿場から宿場へ、というかっこうで旅をすすめてゆけるように、赤い街道ぞいには宿泊施設が多少なりとも用意されているのだが、それはオラス団には一日の走行距離としては長すぎた。それゆえ、どうしても、一日おきに野宿したり、またその翌日はけっこう早めにオアシスの宿に入ってやすむことになったりするのであった。

だが、巡礼たちは、しだいにこのようなペースに馴れてきたし、また、オラスが、早めに宿についたときに、早めにみなを寝かせてたっぷり休ませ、野宿のときの寝不足を補うように気を付けてやっていたので、一日おきに野宿があっても、さいわいにして健康を大きく害するものもいなかった。また、だんだんに、野宿の回数が重なるにつれて、「何も起きないではないか」「凶悪な騎馬の民にぶつかる、などというのは、よほど運の悪い連中の話なのではないか……草原は、どうみても、静かで平和で、そうしてのどかなようだが……」という気持が、団のものたちのなかに起きてきて、あまり野宿することに、はじめての夜ほどには怯えなくなってきもしたのである。

オラス団の道のりは、遅々として進まない、ともいえたし、それなりに、のろのろとではあるが着実にはかどっている、ともいえた。だが、さすがに《モスの大海》は広かった。それこそまた、来る日も来る日も両側にひろがる草原だけを眺めながら、赤い街道を見失わぬよう、これだけが頼りとばかりに赤い街道のレンガ道にしがみつくようにして、ミロクの聖句を唱えながら進みつづける日々が続いていった。それは単調な、ある意味では眠気を誘うような日々でもあったが、いっぽうでは、少しづつ、少しづつでも目的の聖地ヤガが近づいてくる、ということを楽しみに、ひたすら歩み続ける道のりでもあった。

「なんとか、もうあと三、四日でチュグルにつくかな……」

オラスは、空を見上げながら、ほっと吐息をもらした。

本当はもっとも緊張し、いつなんどき何がおこるかと、ひそかな不安におののいていたのはまずこのオラスであったに違いない。なんといっても、オラスには、団長としての重大な責任がある。だが、そこでその不安をむきだしにしては、老人老女の多いこの団の団員たちがなおのこと、不安におののいて動揺をあらわにすることになろう。それゆえ、オラスはじっとこらえて、泰然自若と見せかけていたようすであった。

「本当に危いのは、チュグルからウィルレン・オアシスのあいだだと云ってなかっただかな。団長どの」

仲間の農夫のサンが云うと、オラスは首をふった。

「確かにそのとおりだが、ウィルレン・オアシスは大きなオアシスだ。そこにゆきゃあ、たぶん、そこから沿海州のほうへ下ってゆく団なり旅人なりは何人かはいるのじゃねえかと思うんだ。だから、今度は、まあこのあたりは物価も安いことだし、少しばかりのんびりしても、このところ草原に入ってからは少しも銭を使ってねえでな。少しばかり、ウィルレンに滞在して、同行してくれるものを探していてもいいんじゃねえかと思っておるんだが」

「なるほどな……」

それをきいて、まわりにいたものたちもほっとしたようすであった。

「ともかくも、草原地帯をこえさえすりゃあ、それで旅の一番しんどいきつい部分はもう終わったも同然だでな。もうあと数日の辛抱のはずだ。いや、ウィルレンから先もまだ長くはあるが、それでも、これまでよりはぐんと先が見えてくる。そうして沿海州に入ればもう、ヤガは目と鼻の先だ。もう、《上がり》は近いんだ。皆の衆、もうひと息だぞ」

オラスのことばに、とかくくじけかかる心をふるいたたせられたように、人々はどっとかっさいした。

やはりさすがにこのあたりまでくると、さまざまな危険に怯えて、というだけでなく、団のなかにもいろいろと疲れが目立ちはじめ、それにつれて、ミロク教徒にはあるまじき、口論やつのつきあい、いがみあいのようなものも少しづつ起こりはじめている。

それでも、ミロク教徒だけあって、あまりおもてだった対立だの、見苦しい喧嘩沙汰にはならぬのは、さすがというべきだろう。本当ならば、このあたりまできて、もうかなり長いあいだ、苦しい旅を続けてきているのだ。けっこう、団の中では大騒ぎが起きていても不思議はないはずだった。ことに、ハンナとルミアのように、ひそかにヨナをめぐっていがみあっているようなものがいたりするのだ。

そのルミアを憎からず思っているようすの男などというものもいることだし、その男がヨナにいろいろとなんくせをつけてきたりして、手のつけられない騒ぎになったとしても、少しも不思議のないところだが、さすがにミロクの巡礼たちとしての自覚が、そのような騒ぎをさせないのだろう。それにやはり、オラスの人徳もあるのには違いない。食糧が不足気味になっても、寝不足が続いて目がぎょろぎょろしてきても、小さな子供たちも、口やかましい老婆たちも、本当にミロクの教えを冒瀆するようなことは決して口にしようとせぬ。

もっともヨナのほうも、飛び込みの自分の存在が、団の団結と秩序を乱すことになるのをおそれて、老婆たちと歩くようになったのをよい幸いに、極力ハンナにも、ルミアにも、どちらにも近づかないように気を付けていた。そのことは、逆にハンナとルミアたちにも充分に、どういう意味であるか、わかっているようだった。その意味ではやはり、普通の農民たちよりも、ミロク教徒であるかれらはかなりつつましくもあったし、徳高くふるまっている、ともいえた。

それに、礼儀正しくて博識で、物静かなヨナは、老婆たちに妙に人気がある。

「あたしがもうあと三十歳若けりゃ、ほっておかないところなんだがねえ」

「あにをいってるんだか。三十歳若くなったって、まだまだ充分婆さんじゃないかね。いけ図々しい。ヨナさんの相手になろうってんだったら、五十歳は若返らないと無理だね」

「なんてことをいう。そういうお前さんは六十歳若くなったってとうてい無理だろうに」

淑徳をもってならすミロク教徒といえども、田舎の老婆ともなると、なかなかに、いうことはずばりとしていて、ひとをぎくりとさせるものがある。だが、それはそれでヨナには面白くもあった。ヨナは話には一切加わらず、ただ物静かに微笑んでうなづいているだけだが、「そのようすがまた好いたらしい」といって、老婆たちはてんでにヨナをからかう。だが、本当にヨナが困るようなせんさくや、かまをかけてきたりはしないのも、ヨナには心地よかった。

そうして、いよいよ、あと一日でなんとかチュグル・オアシスにたどりつけるだろう、という日になった。その前日が、オアシスともいえぬ、ささやかな泉のほとりに天幕を結んでいる行商人たちの一行を見つけて、そこに宿らせてもらったので、今夜はおそらく野宿だろう、とオラスは判断しているようだ。

「なるべく、チュグルの近くまでいってそこで宿りたいところだがな。まあ、寒くねえのが幸いだが。これで寒くあった日にゃあ、とうてい、ガキどもやばあさまがたがたまったものじゃねえ。だが、この気候なら……」

「それでも、とうとうカルムのガキはかぜをひいたかな。きのう、歩きながらずいぶんしんどそうだったし、こんこん、フードのなかでせきをしていたので、母親のカルアが心配して隠そうとしてただよ」

「そいつはよくねえな。だが、この団には、心強い味方がいるからな。お医者様が一緒にいってくれる団なんざ、そうそうあるもんじゃねえ。なあ、そうだろう、ヨナさん」

「まあ、お役にたてれば……と思っていますが……」

そんな会話をかわしたのが、出立前のわずかな時間のことであった。

行商人たちは、「今日はもしかしたら、珍しい嵐がくるかもしれんよ。地平線に黒雲がある」といって、かれらのほうは、もう一日、その泉にとどまる予定のようであった。オラス団にも、そうするようにすすめられたが、オラスは「先を急ぐだから」といって、そのすすめをことわった。行商人たちは肩をすくめた。

「まあ、もちろん、モスのみ心のままに――さな」

その行商人たちは、草原の民ではないようだった。かれらに丁重に一夜の宿の礼をのべ、ささやかな礼金をおいて、オラスの巡礼団一行は、その朝も早くに、チュグルめざしてまた赤い街道の人となったのであった。

3

朝から昼にかけては、行商人たちが云ったように、なんとなく地平に黒い雲がかかっていて、いかにも嵐がきそうだった。このようなまったく屋根のない草原のまっただなかで、天幕の用意などもあるわけではないし、それで大雨になどみまわれてはたまったものではない。みなは不安そうにずっと地平線の雲を眺めていたが、昼ごろに赤い街道の上で小休止をして、ささやかな、持参の糧食での昼食をとり、ひとやすみしてまた出発するころには、その黒雲もどこかにいってしまっていた。

「やれやれ。どうやら、嵐はきそうもねえだな」

オラスはほっとしたように云った。

「あとは、今日中になんとかチュグルにつけるかどうかだな。――確か、わしの聞いた話じゃあ、ここからは、かなり足が遅いものでも、一日歩けば一応チュグル・オアシスの圏内に入るという話だったが……」

「チュグルにいったら、もう少しきれいなおうちに入ってやすめるの？」

オラスの孫の幼いユエが、まわらぬ舌で聞いた。団員たちは、なんとなくほほえましく、それを聞いていた。

「ああ、そうとも。それにな、ユエ、チュグルに入ったら、もうちょっとまともな食い物が食えるぞ――もっともこらあ、ミロクさまにきかれたら、お詫びをしなくてはならんような言いぐさだがな。やはり、こう長いこと旅してくると、食い物と寝るのだけが楽しみになっちまうでなあ」

「まったくだ」

人々はどっと笑い声をあげた。ようやく、かなり大きな町に入れる見通しが見えてきて、人々の顔もかなり明るくなってきていた。

かれらは、また、きのうにかわらぬフードとマントの姿で、赤い街道に長い一列にひろがり、荷車を押しながら、あるいは杖をついてとぼとぼと歩みながら、しきりと聖句をとなえ、ミロクのみ名をとなえつつ、赤いレンガをひとつひとつ踏みしめて歩いていた。両側にひろがるのは、きのうにかわらぬ《モスの大海》――さやさやと風が過ぎてゆくと、いっせいに、緑の葉がひるがえり、白っぽいその裏がそよぐ。どこかで、かなり大きな鳥、ケーン鳥《キジ》かなにかなのだろうか、鋭い声で啼いているのが遠くきこえる。

耳をすませば、草原は驚くほどにさまざまな生命の息吹きにみちみちている。虫の声、鳥の声、小動物の声――そして風の音さえも、さまざまな情報に満ちているかのようだ。

だが、巡礼たちは、フードをひきさげ、それらの草原の生命のいとなみに背をむけるかのように、黒い長々とつづくしみのように、とぼとぼと赤い街道を歩いていた。

ふと、ヨナは、妙な感じがした。

(何の音だろう……)

これまで、聞いたことのないような音がした——

そういう気がしたのだ。

ヨナは足をとめた。いぶかしそうに、ヨナのうしろを歩いていたモンナ婆さんが、ヨナを見たが、巡礼の歩みの途中では、あまり口をきかぬさだめになっている。前をゆくロロ婆さんは、何も気付かぬらしく、フードを深々とかぶり、マントの背中をまるめて、杖にすがるようにして、よぼよぼと歩いてゆく。よくまあ、このような腰のまがった婆さんが、こんなはるかな旅をここまで無事についてこられたものだ——と、ヨナはちょっと感心した。

そのときであった。

「ケーン!」

するどい、悲鳴のような声をあげて、巨大な鳥が、何かにひどくおびやかされたかのように、バサバサといきなり草原の茂みのなかから飛び立って、宙高く舞い上がっていった。

ぎくりとして、ヨナは振り向いた。その、刹那であった。

「わあッ！」

団のだれかが悲鳴をあげたのが、遠くきこえた。

「出たあッ！」

「き——騎馬の民だあ！」

まぎれもなく——

さながら、そのすがたは、飛び立った鳥と同じく、草むらのなかから、わきだしてきたのか、とも思えた。いったい、どこから忽然とあらわれたのか——いや、おそらくは、近くにくるまで、馬を黙らせ、おのれら同士もひそやかに息をころして獲物に近づき——そして、ころやよし、と見て、一気に馬上に飛び乗ってその凶悪な姿をあらわしたのか。

草をわけてあらわれ出たその数は数十騎はいたであろう。いずれも、ぼろぎれとしか思えぬ汚らしい色とりどりの布を頭にぐるぐるまきつけ、汚いマントをなびかせ、布を何重にもしいて鞍がわりにした馬にまたがった、たくましい、精悍で凶悪なひげづらの男たちであった。

「きゃああ！」

鋭い悲鳴が響き渡った。

「逃げろ！　走れ、走るんだ！」

オラスの声だろう。誰かの叫びが聞こえた。とたんに、まるでその声がほかならぬかれら自身への合図ででもあったかのように、まだ、かなり距離のあった騎馬の民たちが、いっせいに馬腹を蹴った。

「ああッ！」

ロロ婆さんが悲鳴もろとも、赤い街道のレンガに蹴つまづいて転ぶのをヨナは見た。ほかのものたちは、婆さんたちを取り残して、男たちは必死に荷車をひいて走りだそうとし、女たちは子供をかかえたり、荷物を放り出して街道を走って逃げようとしている。その姿は、だが、あわれなほどに遅く、無力そのものに見える。

「ミロク様！　お慈悲を！」

誰かが甲高い悲鳴を上げるのがきこえた。とたんに、「ミロク様！　ミロク様！」という悲鳴のような声があたりに満ちた。

「ウラーッ！」

その声をかき消すように、どどどど――とひづめの音が赤い街道を踏みならして近づいてくる。

「助けて。ああ、後生だ。誰か助けとくれ」

ロロ婆さんが叫んだ。ヨナは荷物を放り出して、駆け戻った。うしろから騎馬の民が

こちらに突進してくる真っ只中である。だが、婆さんをおいてゆくことは出来なかった。

「婆さん。逃げるんだ」

ヨナはむなしいと知りつつ口走った。そして、ロロ婆さんを助け起こそうと必死にそのからだを引き起こし、その痩せた小さなからだをかかえこんで、赤い街道をよろばいながら走り出した――

とたんに、頭のうしろに、がつんと物凄い衝撃をくらった。悲鳴をあげて倒れ込みながら、ヨナは、ミロクの名をつぶやきながらうつぶせに赤い街道にうずくまった老ロロの上に振り下ろされる蛮刀が、ぱっと鮮血をしぶかせるのを見た。そのまま、ヨナは意識を失った。どどどどど――と、すさまじいひづめの音をたてながら、騎馬の民がその倒れ込んでゆくヨナの両脇を、さながら石の両脇にわかれて流れ続ける水の流れにも似て通り過ぎ、本隊に襲いかかってゆくのが、完全に暗転する直前のヨナの意識のなかにかすかにうつっていた。


（う……ッ……痛ッ……）

いつ、どのようにして意識が戻ったのか、自分が、どのくらい、意識を失っていたのか、ヨナにはまったくわからなかった。もしかしたら、ただほとんど数瞬だけしか、失神していなかったのかもしれないし、それとも数タルザン、あるいはもっと長いこと意識をなくしていたのかもしれない。

意識が、おぼろげに戻ってくると同時に、頭の割れるような激痛とともに、顔に何かがたらたらと流れ落ちてくるのが感じられた。だが、手をあげて、頭のうしろがどうなっているのかを確かめる勇気はなかった。

それに、からだが石になったように動かなかった。ヨナはぐったりと倒れ伏したまま、いったいここはどこで、自分はどうなってしまったのかと、しきりと思い出そうとしていた。

その耳に、かすかに聞こえてきたのは、恐しい断末魔のうめきだった。血のあぶくのあふれる唇がとなえる、「ミロク様……ミロク様……ミロク様……」というかすかな、息も絶え絶えの呻き。

あちこちから、ぶきみな音――それが何を意味しているのか想像もしたくないような音が聞こえてきた。だが、これでも何回か戦乱を経験したヨナには、それが何を示しているのか、大体の見当はついた。それは、女たちが犯され、そしてなぶり殺されている恐しい物音だった。

それ以外では、あたりはしんと静まりかえって恐しいほどに静かだった。ただ、あちこちから、苦悶の呻きや、しだいにしずまっていってふいととぎれる苦しみの悲鳴、ミロクを力なく唱える声などが、かすかに聞こえてくる。だが、それも、犯される女たちの悲鳴や、子供の力ない泣き声、そして男たちの罵り声や荒々しい物音にかき消される。

まるで、嘘のようだ――ヨナは、頭の激痛に呻きたいのを懸命にこらえながら、かすかに思っていた。

(なんていうことだろう……まだ、空は青く……日だって、沈む気配さえ見せてはおらない。――こんなにも、草原はのどかで……さっき啼いていた鳥の声が、まだ遠くで続いている……だのに、こんな――だのに――こんな……)

(ミロク様は……こういうありさまを見て……どう思われるのだろう……)

ヨナは、よろよろとかろうじて体を起こした。

頭は物凄く割れるように痛んだが、まだ自分が生きていることだけは逆にそのいたみのおかげではっきりとしていた。目に流れこむ血が視野をさまたげていたが、何回か目をこすって、ようやく目がまた少し見えるようになったヨナの目に、最初に入ったものは、うつぶせたまま、頭と背中をざっくりと割られて、蛙のように両手両足をひろげてこときれている、ロロ婆の死体だった。その背中に背負っていたはずの荷物が、そのかたわらに乱暴に放り出され、中身をまさぐったのだろう、ばらばらに赤い街道の上に打ち捨てられている。

ヨナはようやくかすむ目をあげてあたりを見た。ヨナとロロ婆とが、おそらく逃げ遅れてしんがりになったのだった――逆に、それでヨナはその場で惨殺されることをまぬかれたのだ。

ヨナたちだけが、少し離れたところに倒れていたのだった。本当の惨劇は、ヨナが倒れた場所よりも、ずっと先のほうで繰り広げられていた。ヨナは、頭からだらだらと血を流しながら、まるで夢遊病者のようによろよろと赤い街道を歩き出した。

騎馬の民たちはみなもう馬から下りていた。かれらにとってはごくたやすい獲物であり、あまりにも、ねらい甲斐もないほどにささやかな、ちっぽけな獲物でしかなかったのだろう。その分の楽しみを求めようと、数十人の男たちが、わずか数人の、「まだ若い」といえる女たちにむらがっていた。犯される女たちの悲鳴と絶叫とがひっきりなしに草原にひびいていた。光明るい草原に、だが、ミロクがその信徒たちを救いに奇蹟をあらわそうと、姿をみせる気配はまったくなかった。

ヨナはうつろな目で赤い街道の上を見つめた。赤い街道はいまや、文字通りの意味で《赤い》街道と化していた。それを真っ赤に染め上げているのは、赤レンガの赤ではなく、その上を流れるおびただしい、巡礼たちの血であった。ねばつく血が、レンガのすきまに黒く固まりつきはじめている。

ヨナのまわりには、老婆たちの死体が散乱していた。けさがたまで、陽気に馬鹿話に打ち興じ、さっきまでミロクの聖句を唱えながらとぼとぼと歩いていた、五、六人の老婆はみな、ロロ婆さんをはじめとして、ごくあっさりと馬上から剣をふるわれて、あるいは頭を割られ、あるいは背中を芋虫のように刺し通され、あるいは首をとばされてむざんな死体となりはてていた。

ヨナはだが、それをみてもほとんど何も感じなかった。いちいち怒りや恐怖を感じるには、すでにもう心が麻痺してしまっていた。それに、それどころではなかった。

騎馬の民は、もうとっくに、それぞれの掠奪や蛮行に夢中になっていたので、傷ついたヨナが顔と頭から血を流しながらよろよろと赤い街道をこちらに近づいてくることなど、まったく気にかけたようすもなかった。それよりも、草原の草むらのなかにあわれないけにえの女を引き込んで、はだかにひんむいたそのからだの上におおいかぶさり、夢中になっておぞましい快楽を追求し続けている。男のからだの下で悲鳴をあげつづける女に業を煮やしたのか、それとも、その恐しい行為にさらなる快感を求めてか、突然、蛮刀をふりあげた男が、おのれの犯している女ののどをぶつりとかき切り、鮮血が吹き上がり、恐しい断末魔の絶叫があがるのをヨナは見るともなく見、聞いた。

ヨナは顔から血を流しながらよろめき歩いていた。頭上はいまなお明るい真昼の草原の空だ。青く雲ひとつない空の下で、信じがたい残虐行為がこともなげにおこなわれていた。手前のほうには、あっさりと切り倒された婆さんたちの死骸が点々ところがっていた。そのなかにはオラスの老妻のヴァミアもいたし、何かとヨナによくしてくれたモンナ婆さんもいた。追い剝ぎどもは、老婆たちには何の興味ももたなかったので、あっけなく切り倒すとそのままもっと興味をもてる獲物のほうに突進していったのだ。荷車のまわりではそれでもいささかの抵抗がこころみられたらしく、巡礼の男たちがそのあたりでむざんな惨殺死体となって、荷車にもたれかかってうつろな目を見開いたり、あるいは街道から草原になかば身をのりだすようにして死んでいた。荷車の荷物はみんな放り出され、女にむらがるのではなくその荷物をせっせとほどいて金めのものをあさっているものも何人もいる。

空高く、このあたりにもいる不吉な黒いガーガー鳥が興奮したように輪を描いて滑空していた。騎馬の民が消えてしまったら、死体をめがけておりてきて、その屍肉をついばむつもりだろう。草原の草のあいだには、野犬のクンカどもも少しづつ集まっているのかもしれず、草むらにきらりと光る目が見えるようだ。そのほかにはだが、見渡す限り人影もない。むろん都市も、人家も何もない。どこまでも草の海をわけて続く赤い街道、そしてその両側にひろがる草の海、ただそれだけだ。

ヨナはよろめきながらさらに歩いていった。逃げようという気持はふしぎなくらいにわいてこなかった。というよりも、頭にうけた傷の痛みで、すべての思考力も感覚も、麻痺してしまったように、ただ機械的に動いていたのだ。女どもを犯していた騎馬の民が、そのようすをみても、まだ生き残りがいたのかといわぬばかりにまたすぐおのれの関心のほうに戻ってしまったのも、血にまみれ、幽鬼のようによろめき歩いているヨナのようすが、ほとんどもう瀕死の幽霊とさえ見えたからに違いない。

ミロクの名を呼ぶ心持もなかった。ヨナの目が、ふと、街道の上にころがっているぶきみなものにとまった。
（ユエ）
それは、切り飛ばされてここまでころがって、偶然に切り口を下にして、まるでそこから生えているかのようにこちらを見つめている、オラスの孫の幼いユエの生首であった。

その凄惨なありさまも、ヨナの麻痺しきった心に何の悲痛をも呼び覚まさなかった。それよりも、ヨナの目は、そのさきに倒れているオラスと、そのかたわらに投げ出されているものにくぎづけになっていた。

ミロク教徒はもとより、たとえおのれのいのちを奪われようとも戦いの剣をもたぬ、というのが信条になっている。だが、おそらく団長としての責任と、一家眷族を守ってやらねば、という思いもあったのだろう。オラスは、この旅にひそかに短剣を持ち込んでいたらしかった。オラスの血まみれの手のさきに、街道のレンガの上に、一本の剣が投げ出されている。ヨナは、その剣を食い入るように見つめていた。

それを手にとり、かなわぬまでも騎馬の民につっかかっていって、犯され、惨殺されている真っ最中の女たちをひとりでも助けようとすべきなのか。だが、戒律により、剣をとること、ひとを殺すこと、血を流すことは、かたく禁じられている。

だが、ヨナ自身はすでにその戒律にそむき、何回か、ナリスのために戦おうとしていた。それにもとより、最も厳格に戒律に従う、心の底からのミロク教徒、というわけでもない。

（…………）

ヨナは、茫然と、その短剣を見つめていた。

それから、よろめきながら、オラスの死骸のかたわらにくずおれるように座り込み、その剣にふるえる手をのばした。その手も、頭から流れてきた血がそちらまでも流れていってしまったらしく、にちゃにちゃと血に染まっていた。

ヨナはがくがくとふるえる手で、オラスの落とした剣をつかもうとした。一回は、手が血のりですべって取り落とした。だが、ようやくつかむと、その剣がわずかばかりの勇気のようなものを与えてくれる気がした。ヨナはよろよろと立ち上がろうとした——だが、傷ついたからだからは力がぬけて、なかなか立ち上がれなかった。それよりもそのまますくずおれて気を失ってしまったほうが楽なくらいだった。

そのとき、ようやく、そのすぐ近くで恐しい凶行に興じていた凶悪な騎馬の民の男が、こちらをふりむいた。

黒い髭に顔半面をおおわれ、ぼろぎれとしか思えぬ布を何重にも頭や首にまきつけ、身にまとっているのも汚らしい、いつ洗ったかもわからぬようなぼろぼろの衣類を何枚も重ねて着込んでいる、いかにも騎馬民族の典型のようながっしりとした男だった。その、濃い眉の下のおちくぼんだ目が、凶行の興奮にぎらぎらと光って、ヨナを見た。

「なんだ」

濁った声が発せられるのを、ヨナはきいた。

「まだ若いのが残ってたじゃねえか。——男だが、若けりゃ何だっていい。そいつも使ってやろう」

ヨナは、よく事情が飲み込めなかった。

だが、その声をきいて、何人かの、凶行の順番待ちで苛々とはやしたてたり、騒いだりしていた男がこちらをふりかえった。あらたな獲物を発見した思いに、男たちの目がぎらつくのだけはわかった。ヨナはよろめきながら、短剣を握り締め、それをふりかざそうとした。

「なんだ、こいつ、健気らしく立ち向かうつもりだぜ」

どっと、騎馬の民がはやしたてた。

「偉いじゃねえか。じじいどもはみんな、お祈りしながら斬り殺されたのによ。さすが、若いだけのことはあるぜ」

「血だらけだが、なかなかきれいなお兄ちゃんだ」

別の男が満足そうに云った。

「ガガ。ひんむいちまえ」

「おう」

ふいに、ヨナは、おのれの身に危険が迫っていることをようやく理解した。戦うどころではなかった——それどころか、おのれ自身が、そこで犯され、惨殺されている女たちと同じ運命にあわされようとしていることをやっと、うっすらと悟ったのである。それでも、まだ、戦って及ばずながら抵抗すべきかどうか、ヨナのなかの、古いミロク教徒の禁忌が葛藤していた。

だが、そのとき、騎馬の民の数人の男たちが、ヨナにむかって手をのばしてきた。ヨナはかすかな悲鳴をあげて、短剣をふりかざそうとした——が、その程度の抵抗は何の役にもたたなかった。たちまち、短剣をはたき落とされ、街道の上にひきずり倒された。倒された拍子に傷を負っていた後頭部をまたがつんとレンガにぶつけて、ヨナはまた一瞬気が遠くなった。

（ああ……）

ここで死ぬのか——奇妙な、感慨めいたものがヨナの胸のなかにあった。

（何も——しないで……何もなしとげ得ずに……）

女扱いされたところで、それで命が助かるわけではないこと——むしろ逆に、ただ殺されるよりもいっそうむごたらしい惨殺のうきめにあわされるのだ、ということは、あちこちから聞こえている恐しい絶叫がはっきりと示している。

この期に及んで、（死にたくない）というほどはっきりとした思考さえももうなかったが、ただ、（何ひとつ、おのれの使命と信じたものをなしとげることもなく、この若さで、草原の土となってむざんなむくろをさらすのか）という、感慨とも、おのれへの憐憫ともつかぬものだけがあった。荒々しく服をはぎとられながら、ヨナはぼんやりと、ナリスのことだけを考えていた。

（まだ――ナリスさまの研究を……完成していない……それに……ヤガの――実態を調べるという任務も……果たせぬままだ――それに……）

まだたった二十四歳なのだ、という嘆きは脳裏にのぼってはこなかった。おのれとさえ比較にならぬほど幼いユエの生首を見てしまったあとだ。

（まあ……いい……どうせ、いつかは……死ぬのだから、誰でもみんな……）

男たちの狼藉にさらされながら、ヨナの意識がふっと遠くなりかかっていったときだった。

ふいに、何か、ただごとならぬ絶叫が響き渡った――それは、これまでのような、犯され、虐殺される女たちの悲鳴ではなかった。警戒と恐怖の叫びをあげる、騎馬の民のほうの叫び声であった。だが、それはおそろしくなまりも強かったし、その上に、あまりにも入り乱れていたので、ヨナには、いったい何ごとがおこったのか、よくわからなかった。

ただ、おのれの上にのしかかっていた男のからだがふいにどいて、からだが自由になったことだけがうっすらと感じられた。同時に、何か激しい争闘の物音と叫び声、馬の荒々しいいななき、そしてひづめの音が入り乱れた。

(何だ――ろう――何がおこったのだろう……)

血が目に流れ込んできて、うまく目をあけることが出来ない。ヨナは、焦りながら、一方ではもう何もかもどうなってもかまわない、という、けだるい野放図な放埒さに身をまかせて、ぐったりと倒れたままでいた。

短いが激烈な争闘の物音はごく短い期間でやんだのが感じられた。おそらく、その争闘は、片方が圧倒的に強力であったのだろう。そして、草原は、静かになった。

血の匂いが強烈に鼻をうったが、それは自分自身も血にまみれていたし、あたり一面が血だらけであるのはわかっていたので、どこから流れてくるとも判別出来なかった。

ふいに、誰かがヨナのからだを抱え起こした。

「こいつは、まだ息があるぞ」

なまりの強い声がそう叫ぶのが聞こえた。

「おや。こいつは男だ」

「まだ若い男のようです。どうしますか」

「息があるなら、介抱してやれ」

何か、ひどく強烈な個性のようなものを感じさせる声——声だけでさえ、それが、この群れの指導者であろうとはっきり感じさせる野太い声が云った。ヨナはなんとかして、血であかぬ目を開いて事態を把握しようとつとめたが、どうにもならなかった。

「ほかは駄目です。女がひとり、まだ息がありましたが、喉を裂かれていて、目の前でこときれました」

もうほとんど意味のわからぬ声をききながら、ヨナはまた、意識を失った。

4

次に、意識を取り戻したときには、もう少し事態はマシになっていたようだったが、当人としては、とてもそうは感じられなかった。むしろ、痛みのほうは、いっそうひどくなっているように感じられた――だが、目を開くと、なんとかまわりの景色が見えたし、呻き声をたてると、ただちに誰かが、竹筒のようなものを口にあてがってくれた。冷たい水が喉に流れこんできて、それをむさぼるように飲むと、恐しく人心地がついた――というよりも、生き返った心地になった。

「気が付きました」

誰かが云うのがきこえた。ヨナは、血でくっついているまぶたをなんとかちゃんと開いていいようとした。

「血が流れてかたまっちまったんだな。待ってろ、いま拭いてやる」

誰かの声がして、濡らした布きれが顔にあてがわれ、目のあたりを、ぶこつなわりに丁重に拭ってくれた。それでようやく目を開くことができた。

後頭部の耐え難い痛みもとりあえずずっとマシになっているようだった。からだじゅうが鉛のように重かったが、のろのろと手をあげてみると、どうやら、頭に包帯をまいて、手当をしてくれているようだった。

（生きて……いたのか……）

ヨナは、目をあげた。

そして、ふいに、あたりが暗くなっていることに気が付いて、愕然とした。もう、夜であった——かがり火がたかれていて、そのおかげであたりは明るかったのだ。

「気が付いたか」

誰か——それはどうやら、あの、指導者らしい野太い声の男のようだった——の声が云った。

「運のよい男だ。お前の仲間は皆殺しになってしまったぞ。——お前もまあ、そのままにしておけばその仲間入りをするところだっただろうが。怪我は一見ひどいが、骨には異常はないゆえ、大したことはない。よくきく薬を塗ってやったから、すぐ血もとまるだろう」

「う……うッ……」

ヨナは、呻きながらかろうじて身を起こそうとした。

「まだ、起きるのは無理だ。お前は大怪我をしてるのだ。まだ寝ていろ」

声がかすかに笑いを含んで云う。

「他のやつは一人残らず、あの世とやらへいってしまったぞ。お前の仲間たちのみならず、お前の仲間を皆殺しにしたごろつきどももな。――いいから、もう少し休め。重傷を負っているお前を、こんなところにひとりで取り残してゆきはせぬ。――といって、馬に乗るのはいまのお前では無理だろう。この群れには、馬車の用意などはない。明日になって、馬のうしろの鞍になんとか乗れるようになったら、もうちょっと安全なオアシスまで送っていってやる。それまでは、俺たちが守っていてやるから安心しろ」

「わ――私は……」

誰に救われたのだろう。そして、仲間たちは本当にみな死んでしまったのだろうか。それが知りたくて、また眠るどころではなかった。

ヨナはよろよろとなおも強情に身を起こそうとした。

「これは強情なやつだな。まだ若いし、ずいぶんとかよわげに見えるのに。パロのものか、お前は」

「はい……」

相手の声のはらんでいる、何か、敬われ、丁重に扱われるのに馴れたひびきが、ヨナをごく自然に敬語にさせた。

「わたくしは……クリスタルから参ったもので……仲間はサラミスからのミロクの巡礼

団でございます。お助け下さったのは……」

「俺か」

笑みを含んだ声が答えた。

「云ったところで、知るまい。俺の名はスカール。かつては、草原の黒太子などと呼ばれていた男だ」

「スカール……太子……」

ヨナは仰天して、さらに身を起こそうとした。

「知っているのか」

相手は、かえってそのことに驚いたように云う。

「よし、よし、無理をするな。お前は重傷を負っているのだぞ、といっているのがわからんか。無事に生きて、そうして話をしているのが不思議なくらい、出血もしているし、弱っているのだ。ちょっとこれを飲むか」

さしつけられた、細い水筒を口にあてがい、中のものを飲むと、思いがけないほどからだに力がわいた。

「それは、俺の常用しておる薬だ。偉い魔道師が作って俺にくれたものだ。――それを毎日飲んでおらぬと俺は死んでしまうのだそうだ」

また、笑いを含んだ声がいう。ヨナは、あらたにわきあがってきた力に元気づけられて、目をさらにこすり、ようやく、かがり火のかたわらに、大きな鞍を地面におろし、その上に沢山の毛皮だの、布だのをひろげて、それに座っている大柄な男を見た。

街道からちょっとはなれた、草原の一部をざっと草を刈り取って、臨時の広場とし、そこに天幕をたてて、その前にかがり火をたき、その一団はそこに陣取っていたのだった。ヨナは、その指導者の座の前に、毛皮をしき、その上に何枚かのボロ布を重ねて臨時の床を作って、そこに寝かされていた。

「あ、あの……スカール太子……さまであられますか……」

ヨナは、ようやくはっきりとしてきた視野に、息を呑む思いで、ヨナ自身は直接にはひとたびしか会ったことのないアルゴスのもと王太子、草原の鷹の姿を見つめていた。

黒太子、と渾名されるごとくに、いまなおスカールはその全身を黒ひと色に装っていた。漆黒の髭と髪の毛、それを覆っているターバンも黒い。黒い服を何枚もかさね、黒いマントをかけている。闇のなかに溶け込んでしまいそうなその格好が、だが、かがり火の明るさに照らし出されて、かえってくっきりと照り映えている。手に大きな馬上杯を持ち、ときたまゆっくりとその中身を口に運んでいる。

たくましい、がっしりと大柄な、見るからに戦士そのもの、といった体格であることが、座り姿からも察せられたし、それに眼光はけいけいとして、頬はそげたように痩せ、見るからに精悍な——だが同時に、どこか不思議なくらい哲学者めいた、透徹したものを感じさせる男だった。皮膚の色がひどく浅黒い——確かに草原の人々はたえず日に焼けていて、相当に浅黒いものも多いが、それにしても、なんとなく、多少不健康などす黒さが、ようやく回復してきた、というような印象をあたえる。だが、こちらをじっと見つめている目は生気に満ちて、たけだけしく、それでいながら、妙に穏やかでさえあった。

(不思議な——不思議なかただ。底知れぬような……)

「クリスタルのミロク教徒か」

スカールはじっとヨナを見つめていた。

「そのへんから下ってきたのなら、草原についての知識がないのは仕方ないが、このあたりは、サンカ族だの、さらにたちの悪いカシン族だの、掠奪と追い剝ぎ強盗をなりわいにしているような騎馬の民が縄張りにしているところだ。このあたりを、そんな少人数で、しかも老人と女子供ばかりで旅しようなど、襲ってくれ、と頼んでいるようなものだぞ。全滅しても、あながち文句は言えぬ」

「全滅……」

「ああ。お前の仲間は全員、殺されてしまった。きゃつらはカシン族、最近になって別の部族から独立し、そしてかなりたちの悪い掠奪強盗をはたらくようになってきた連中でな。俺も、いずれそいつらをなんとかしなくてはなるまいと思っていたところだった。

――悲鳴がきこえるといってきたものがいたので、馬を飛ばして様子を見にきたが、このありさまだったので、とりあえず襲っていた全員は俺と俺の手下が斬り殺してしまった。三十人ばかりもいたかな」

「三十人……」

「お前の仲間のほうは、二十四、五人というところか。女どももひとりも助からなかった。きゃつらは、きわめて残虐なやつらで、おまけに、若くてみめがよければ男も女も区別をつけぬ。女たちはみな、犯されている最中にのどを切り裂かれたり、腹を裂かれたりして、どのみちもう助からなかっただろう。お前もまあ、もののあと二十タルザンもあとに俺が到着したら、同じ運命になっていただろう。犯しながら斬り殺すのはきゃつらの趣味のようなものなのだ。そうして犯している相手の生血にまみれるのが気持がいいのだとほざく。鬼畜というより、獣そのもののような連中でな。――凶暴なので手をやかれていた若いのばかりが、独自の群れを作って親どもの部族から独立したのだ。まだあと三、四十人はいると思うが、いずれそやつらも、素行がおさまらぬようなら、俺が皆殺しにしてやるつもりだ」

「……」

ぞっとして、ヨナは身をふるわせた。

何がそのように恐しいのかよくわからなかったが、ただ、何もかもが無性にすさまじく、恐しかった。親切で善良なオラス団のものたちが、こんな凄惨な運命にあうこともだったが、それをしたそのカシン族という騎馬の民のものたちが、ただちにそうやってスカールの手下たちに、同じ惨殺のうきめにあうこと——そして、「いずれ皆殺しにしてやる」と言い放つ草原の英雄——何もかもが、ヨナにとってはあまりにも異質で、そして恐しい世界そのものだった。

（ああ……）

だが、（ミロクさま……）と祈ろうとしたが、そのことばは出てこなかった。ヨナのなかで、まるで、この凶行に救済をもたらすことが出来なかった時点で、ミロクへの信仰はぷっつりと死に絶えてしまったかのように、ヨナはもう、ミロクに祈る言葉を失っていた。

「どうした。からだが辛いだろう。もうちょっと眠れ。ここは安全だ」

「死——死体は……死者たちは……どこに……」

「なんだかんだしているうちに夜になったからな。まだ街道にあのままだ。どのみち、通りかかるものも今宵はあるまい」

「さようで……ございますか……」

ヨナは、なんとか立ち上がろうとこころみた。かたわらにいた髭むくじゃらの騎馬の民が、手をかしてくれた。

「どうした」

「仲間の……ようすを……確かめに……」

「みな死んでしまったというのが信じられんか。それとも、とむらってやりたいか。重傷の身で、酔狂なことだが、ただひとり生き残ったとあっては、それも当然かな。まあいい、クン、手をかしてやれ。ソル、松明に火をうつして、街道のようすをこの者に見せてやれ——まだ、お前の名を聞いていなかったな。なんという名だ。何歳になる」

「私は……」

ヨナはとっさに心を決めた。

いかに凶行を働いたものたちとはいえ、同じ草原の民を、あっという間に全滅させ、そしてまた「残りも折を見て掃討する」と平然と言い放つ相手に対する、いささかの恐怖やためらいもあったが、黒太子スカール、という名前が、ヨナに、強い興味と、（これは——もしかして、たいへんなことだ……）という思いを呼び覚ましていた。

（何もかも打ち明けて……もしかしたら、力になっていただけるかもしれぬ……確か、スカール殿下ならば……ナリスさまとも、御昵懇であられたはずだ……）

「私は……ただいまはクリスタル、王立学問所に教授としてお仕えいたします、ヨナ・ハンゼ博士でございます」

ヨナは、騎馬の民のひとりに支えられたまま、なんとか、スカールの前で、臣下の礼をしようと骨を折った。

「ああ、よい。お前はまだ本当なら動けないほどの怪我を負っているのだ。無理に、そんなことをするな」

「申し訳ございません。——私はヨナ・ハンゼ、アルド・ナリスさまの聖パロ王国にて、ナリスさまのご相談役、かつてパロの参謀長をつとめておりました者でございます。スカール殿下とはそのせつひとたびお目にかかったことがございます」

「ヨナ・ハンゼ。——ナリスの相談役、参謀長だと。覚えはないが——」

スカールが云った。信じていないようすではなかったが、その黒い太い眉がすっとよせられ、目が細められて、さらにいっそう鋭くヨナを見つめた。

「その若さでか。だがその名はなんとなく聞き覚えがあるような気がせんでもない。その、パロの参謀長ともあろう身が、なにゆえ、こんなところで、サラミスからのミロクの巡礼団などに加わっていた」

「現在は参謀長は辞しております。正式の身分は、王立学問所教授のみでございます」

ヨナは喘ぎながら云った。さっきの飲み物の不思議な効果が切れてきたのかもしれなかった。

「もう一度、座らせてやれ」

スカールは部下に命じた。ヨナは、また、スカールと向き合って、臨時の床の上に座らされ、ほっと息をついた。

「すみません。飲み物を……いただけたら……」

「飲ませてやれ」

スカールが命じた。水を飲んで、ほっとまたヨナは息をついた。

「パロ宰相ヴァレリウスどのより、少々隠密の任務をおおせつかり、素性を明らかにせずミロク教徒の巡礼団に身を投じて、ミロクの聖地ヤガに向かう途中でございました。——この巡礼団とは、マルガで、適当なものを選び……それに入れてくれるよう頼んで、ただのアムブラの教師であるというふれこみで、加わっていただけのゆかりでございます。みな、たいそう親切にしてくれましたが……」

ヨナは呻くように云った。

「みんな、死んでしまったのですね……」

「この草原に、何の準備も知識もなく、そのようにして乗りだしてくれれば、それはある意味自業自得というものだ」

スカールはにべもなく云う。

「だが、だとすると、俺がお前を助けることが出来たのは、モスの導き、というよりも、お前の強運、それともお前の任務のおかげだったかもしれんな。お前がもっと平凡な見かけの男だったら、もうどうせ他のものも死んでしまったのだ。そのまま放置しておけば、助からぬだろうと、そのまま置いていってしまうところだった。――だが、お前の顔つきやようすや身につけているものが、妙にほかの農民の巡礼どもとふつりあいなので、何かあるのだろうかと、それで手当してやる気になった。――顔つきが、血に汚れ、傷ついてはいても、他のものと全然違っていたのでな。――といったからといって、きゃつらのように、好色な心持を起こしたわけではないのだから安心しろ」

スカールはごく短い、皮肉そうな笑い声をたてた。

「なるほど、こうして見ると、なかなかのやさ男だ。男でも女でも、みばがよければ区別せぬカシンのやつらが、お前ならばかまわぬと思ったのも無理はない。そのおかげで、すぐに殺されずにすんだのだから、それもヤーンだかモスだかの導きだったかもしれんがな。お前、本当にパロのものなのか。顔つきがなんとなく違う気がする」

「私は、生まれは、沿海州のヴァラキアでございます」

ヨナは答えた。

「ほう、ヴァラキア」

スカールが鋭く云う。

「では、あのゴーラ王イシュトヴァーンと同じだな。ヴァラキア提督を捨ててゴーラの宰相となったカメロンとも」

「はい。カメロン宰相とも、ゴーラ王イシュトヴァーンどのとも同じ、ヴァラキアの生まれでございますが、ヴァラキアを十二歳のときに出奔し、そののちずっとパロにて学問をおさめておりました。そうしてご縁あってクリスタル大公アルド・ナリスさまのお取り立てを受け、ナリスさまのご研究のお手伝いをするようになりました者でございます」

「なるほど。お前の受け答えをきいていると、おそらく云っていることはすべて本当だろう。学問もあれば、高貴な人間の前に出るのもごく馴れているように思われる。あそこで死んでいる農夫どもとは、かなり違うようだ」

スカールは云った。

「ならば、ますます、まずは体力を回復することだな。傷には、よくきく薬をつけてやったゆえ、明日になれば、まだ若いことだしかなり回復しているだろう。馬には乗れるか」

「はい、一応……一応程度でございますが」

「お前がどうしたいのかは、明日の朝聞いても遅くはない。お前は体力を回復し、明日までに心を決めておけばよい。どうせ俺はどこにもべつだん、行かなくてはならぬ先も、いつまでにどこにゆかねばなどということもない。草原に吹き渡る風のように、まったく勝手気儘な身の上なのだ。——お前が気に入ったら、あるいはお前の言い分がもっともだと思えたら、ダネインまでなり、あるいはチュグルまでなり——あるいはお前の望むところまで、送っていってやってもかまわぬぞ。どちらにせよ、どこにも、俺のゆかねばならぬところ、というようなものはないのでな」

は、は、は――

ごく短い笑い声を、スカールは立てた。

ヨナは、魅せられたようにスカールを見つめながら、なんとなく胸のうちにわだかまっている、奇妙な違和感のようなものの原因にようやく気が付いていた。

（なんだか……このおかたは……）

（うまく云えないが……この方は、本当はもっと……私など近づきも出来ぬほど、たけだけしくあらくれた騎馬の民の統領ではないのかという気がする。――それが、なんだか……）

（草原の黒太子スカールとは、本当にこのような人物なのか、と不思議に思えてくるほど――もの柔らかかな、穏やかそうな……穏やかというのは言い過ぎにしたところで、なんだか、悟りを開いた高僧でもあるかのような――親切で、落ち着きはらった、そうしてやさしい態度の人にしか思えない……私がきいた話では、それこそスカールどのといえば、草原の鷹として、伝説的にまでなった、疾風怒濤のように草原をかけぬけ、数々の功績や挿話を残した英雄であったはずだ……）

（だが、いま、目のあたりにするスカールどのは……まさに、なんといったらいいのだろう……何か……何かを超越してしまったような……）

「どうした」

スカールが云う。

「まだ、起きようとしているな。仲間の死を確かめたいのか」

「はい……とりあえず、ひと目……」

むろん、ルミアもハンナも殺されてしまったのだ。

スカールがまた、部下に合図したので、ヨナは、スカールの部下に肩を貸してもらい、傷の激しく痛むのを必死にこらえながら、よろめきよろめき立ち上がって、一歩一歩おぼつかぬ足を踏み出した。

もうひとりが手をかしてくれ、両側から支えられながら、草原に作られたその臨時の野営場の天幕から、少しはなれた赤い街道へと歩いてゆく。もうあたりはとっぷりと暮れていて、天幕の周囲には、馬たちがつながれており、そして、その馬の前に小さな、一人用の天幕がいくつもたてられていた。その入口に、一人一人、スカールの部下の騎馬の民たちがうずくまり、酒をゆっくりと飲んだり、干し肉や、かがり火であぶったらしいあぶり肉を食べて腹ごしらえをしたりしている。

もう、鳥の啼く声も聞こえなかった。低く、詠唱のような声が、天幕のあちこちから聞こえている。草原の民が、「モスの詠唱」という風習を持っていることは、ものの本で読んでいたが、それなのだろうか、とヨナはかすかに思った。

「街道に入るか?」

支えてくれていた騎馬の民が聞いて、ひょいとヨナのからだをかかえあげて、草原からちょっと一段高くなっている、赤い街道の上にのせてくれた。たくましい騎馬の民にしてみれば、痩せて華奢なヨナなど、子供のように軽いのだろう。

そのまま、松明を街道のようすを照らし出すようにさしつけてくれたのを見て、ヨナは絶句し、ことばを失った。

(酷いことを……)

その真っ只中をよろよろと歩いているときには、あまりの衝撃と、そして怪我の苦痛とで、感覚も神経もほとんど完全に麻痺してしまっていた。何ひとつ、感じているどころではなかったのだ——第一、それどころではなく、ただちにおのれ自身も、それと同じ姿にさせられようとしていたのだから。

だが、いま——

ようやく多少なりとも人心地がついて、ただひとり生き残ったものであることを感じられるようになって見たその光景は、まさしく、戦慄するほかはなかった。

街道のその部分に、死体が散乱している。——むざんに切り裂かれ、ミロクの救いを求めるように手をさしのべて死んでいる老人や、荷車にもたれかかってうつろな目を見開いている男の死体、両足をむざんにひらかれたまま、からだじゅうを切り裂かれて息絶えている女の死体。

(ルミアさん……)

オラスも、ルミアも、ハンナも、みんな殺されていた。

むろん、幼いユエも、ユエの母親のカリアも——オラスの長男のオロスは、荷車組であったので、荷車を最後まで守ろうとしたのだろう。荷車のうしろにもたれかかるようにしたまま、背中を真っ二つに立ち割られて荷車の上にうつぶせて息絶えていた。

(みんな、死んでしまった……みんな、殺されてしまった……)

ヨナは、ただ茫然と松明に照らし出される酸鼻の光景を見つめるばかりで、まだ、ミロクの弔いのことばを口にのぼせることさえできなかった。

だが、オラス団のものたちばかりではなかった。いたるところに、これは激烈な戦いの末に殺されたとおぼしい、かれらを斬り殺した残虐な騎馬の民のなきがらが転がっていた。

(オラスさんたち……あんたたちを殺した連中もみんな殺されてしまったよ……)

(スカールさまが……敵をとってくださったということなのだろうが……だがそれは、敬虔なミロク教徒であるあんたたちの望むことではないはずだけれども……)

(これが草原なのか。——緑のゆたかなモスの大海——草原とは、こういう……流血と恐しい残虐をそのなかに飲み込んで、そうして滔々と何百年、何千年もひろがってきた――そういう《モスの海》だったのか……）

明日の明るい日に照らし出されたら、このむざんな死体の山はどれほど凄惨なありさまに見えるのだろう。

ようやく、ヨナは、よろめきながら、そっとそれらのむざんな光景にむかって両手をあわせた。

（私だけが生き残ってしまった――私だけが……）

だが、もう、ミロクには祈れない。

といって、ヤヌスの祈りを唱える心持にもなれはせぬ。

うつろな目で、松明に照らし出される死体のすがたを見届けながら、ヨナは、祈る神もないままに、ひっそりとようやく涙を流していた。

あとがき

栗本薫です。早いものでもう二〇〇八年も暮れてゆこうとしています。この本が皆さんのお手元にとどくころには、もう二〇〇八年の十二月ですよね。ということは、去年のいまごろには、私は築地のがんセンターの病室にいたか、いや本が出るのは上旬だからまだ昭和大学病院の病室で管を通されていたか、いずれにせよ、病室でうんうんいっていたんですね。それを思うとなんだかすごく不思議な気がします。

一応今年の十二月二十日（手術からちょうどまる一年目）には、「一年生きてたぞライブ」ってのをやろうと思っていまして、これはもうごくささやかにですけれども、病院にまでお見舞いにきて下さった二人のミュージシャン（お二人だけがきて下さった、ってわけじゃないんですけど）山下弘治さんと花木佐千子さんと一緒に、「とりあえず一年生きのびました」ということでライブをしようと思っています。今回はもうバラードが多すぎるもヘチマもなしに本当に好きなやりたい曲だけを集めて――といっていつも基本的には好きなやりたい曲しかやってないんですけれどもねえ（笑）さらにもっと我儘に、と思いまして。でもクリスマス近いのでクリスマスソングもするつもりです。入院しているとき、昭和大学でも、がんセンターでもどちらでもナースさんたちがキャンドルサービスをやってくれて、それがなんかすごく感動的で胸にしみたのをいまだに忘れられないので、なんとなく、「ああいう気持」を皆さんにもお裾分けしたいなあ、なんて思ったりしているので。なんか、私は見栄っぱりだから知らん顔してましたけど、本当は泣けて泣けてしょうがなかったですね。あれはやっぱりあれでしょうかね、白衣の天使たちがキャンドルもって歌ってくれるから泣けるのか、それともクリスマスの賛美歌そのものにそういう《何か》があるのか、それとも私がやっぱり「明日生きるか死ぬかの手術なんだなあ」という極限状況だからだったのか、その全部だったのか、どうなんでしょうねえ。いずれにせよ、これまで沢山のライブも見てきましたけれど、それはもう素人のナースさんたちが練習してやって下さることだから、歌としてはつたないのかもしれませんが、あんなに胸にしみるライブというのは、プロでは逆になかなか出来ないんだろうなあと思ったです。昭和大学のキャンドルサービスは、看護学生さんたちだったので、よけい初々しくて泣けたのかも。

ま、でもそれも一年も前のことになりまして、どうやら一年は私は生きのびることが出来ました。というか、ま、出来るでしょう。この本が出てから十日しないとほんとうに「まる一年」生きてられたかどうかはわからんわけですが、いくらなんでもその十日間で容態が急変する、というような状態じゃないので――というか、ずっとうちのガン君たちは、三つばかり小さい子が肝臓にいるわけですが、この半年くらい、抗ガン剤で苛められながらも、肝臓のなかでわりとおとなしくしててくれて、結局倍にはなってないんですよね。二㎝だったのが三・七㎝になったくらいだから――で、肝臓の数値がどんどんよくなってとうとうすべて正常化してしまった、という（笑）笑える事実があるので、いまのところ、その子らがいるために肝不全が起きてくる、ってこともなさそうだし、かえって数年前より百倍肝臓の数値が素晴らしくて、完全に正常の範囲内にとうとう入ったのはほんとに十年ぶりくらいだったという――ま、それって「これまでの生活ぶりを反省しろよ」というお話かもしれませんが（笑）酒も一滴も飲んでないし、早寝早起きだし、入浴してからだをあっためることに執念を燃やすようになりましたし（笑）食生活だけはさすがに、なかなか健康的とはゆかない、「こういうのがいい」とわかっちゃいてもそのとおりにゆかないのはいろんな臓器がなくなっちまった病人だからしょうがないんですが、それでもまあ、なんとかして一応栄養をとっているようです。

だからまあ、「年内に容態急変」ていうようなおそれはないと思うので、そろりそろりと来年の計画の春の分くらいたててもいいのかなあ、などと思ったりするんですけれどね。いま困ってるのは、ちょっと長いこと椅子にかけてパソコン打っているとがーっと熱が出てきてしまうので、そうですねえ、一時間くらいも座っていられません。三、四十分が限度で、そのあいだにちゃんと七度五分とか、もうちょっと長く座ってると七度七分とか、これはもちろんパソコンの前にいるときだけじゃなくて、外でなんかしてもそうなんですが、とにかく無理するとたちまち熱が上がってきてしまうカラダになってしまったので、「参ったなー」というのが正直のところで、結局それだと、休んだりやったり休んだりやったりしながら、ほんとに一日に少しづつしか書けない。終日具合の悪い日もけっこうあるから、そういうときは苛々しながら、とうとう一枚も書けないなんてこともある。だから、やはり生産量はがくんと落ちましたね。八、九、十月通して、月産の平均が結局四百五十枚くらいじゃないかな。かつての半分以下です。そう思うとなさけないんですが、そういったらこないだもとJUNEの佐川編集長に「それはもとが沢山すぎたんだから、それでも普通よりは多いんだから」と怒られましたが(^^;)ま、そうだろうけどねえ、やっぱりイライラする。もっと書きたいこと、というより、書き始めればすぐ夢中になってしまうので、そこにかっと熱でブレーキかけられる、外に出て遊びたいのにお熱でとめられてしまう、なんてまるで「あるきはじめたミヨちゃん」状態で、「おんもに出たいと待っている」って感じです。

それでも、とにかく生きていられて、あれこれ出来るようになったんだから文句をいっちゃバチもあたりますが……「アンドロメダ病原体」のマイクル・クライトンが亡くなった、って今朝の新聞に出ていたし、関係ないけど小室哲哉なんて捕まっちゃったし

（爆）だからねえ、まあ自由の身で、入院も入所（爆）もしないで好きにしていられるんだから、「枚数が五十枚から二十五枚に減ったじゃないかよ」なんて文句云ってちゃいけないのですが——その二十五枚も書ける日がかなり減ってきているのが辛いです。もうちょっとだけ元気になれるといいんですがねえ、ちょっと元気出てくるとすぐライブやっちゃうからいけないのかなあ（笑）でもライブも元気のもとですからねえ、私にとっては。

でも天狼のほうも、うちの近くにあった事務所をひきあげ、川口の倉庫も引き揚げ、だいぶん模様替えをして、今後の生活はかなりいろいろとかわってきそうです。いらないものは極力処分し、なるべく荷物の重くない、すっきりした暮らしで、やりたいことだけやっていられたらいいなと思っています。

ところで今回のこの巻はまた、ラストにいたってとんでもないことになってるのですが――というか、ううう久々にこういう場面が、とひるんだりするんですが、考えてみると辺境篇でもあったし、けっこうないわけじゃないんだな。その昔「ソルジャー・ブルー」っていう映画（「地球《テラ》へ……」とは関係ないですよ（笑）騎兵隊がインデアンを虐殺する映画だから）があって、いやあれほど夢中になってた「アラビアのロレンス」もそうだったんだな。ああいう映画の虐殺シーンみたいなのに、けっこういろいろ考えるところや影響されるところがあったりしたんですが、依然としていまの世の中でもッチ族とフツ族の虐殺とかあったりするわけで、ロシアのほうでもあったりするわけで、そう思うと本当に、日本人なんて、まあ中には殺したり殺されたり、ひどいこともおこってるんだけれども、それでも死にかけた人がいれば在宅ケアだのホスピスだの管だらけの治療だのをして「とにかく死ぬな」と応援しちゃうわけで、その「死んではいけない」論理と、ああいう「邪魔者は虐殺しろ」的な論理と、そのどちらもがいまの地球というか、人類にはずっと存在してるわけなんですよねえ。バッファローを入植してきたアメリカ人たちがわずか数年で何万頭を射殺して全滅させせちゃったりとかね（最近その手の本ばっかし読んでるもんで……）それを思うと、旦那さんが最近仏教の本ばかり読んでるのもわかるような気がするんだけど……その意味では、しだいにクローズアップされてきた「ミロク教団」というものはこれからどうなってゆくのだろう、その本体はどうなんだろう、ということが、かなり自分でも気になっております。なんとなく、初期キリスト教のローマによる弾圧とか、ああいうのも念頭にあったりするのですけれどもね。また、グインも新しいパートに入ってきたのかな、と思います。

新しいパートといえば、来年からいよいよ「グイン・サーガ」のアニメが開始されるし、来年は三十周年ということで、いろいろな企画が用意されているようです。とりあえず、来年の十二月まで生きていれば、それは「追悼企画」（爆）にならずにすむわけで、なんとかそれくらいまでは生き延びていたいな、と思ったりして、なかなか人間の欲望というのは限りがないようです。でも、また来年も「メリー・クリスマス」といってお目にかかれれば――そうしてその次も、その次も、そうやって一年一年を積み重ねていって、気が付いたら何年か生きていた、というのが、たぶん一番、正しいありかたなんでしょうね。というわけで、とりあえずちょっと早めですが「メリー・クリスマス！」でございます。

二〇〇八年十一月七日

神楽坂倶楽部 URL
http://homepage2.nifty.com/kaguraclub/

天狼星通信オンライン URL
http://homepage3.nifty.com/tenro

「天狼叢書」「浪漫之友」などの同人誌通販のお知らせを含む天狼プロダクションの最新情報は「天狼星通信オンライン」でご案内しています。

情報を郵送でご希望のかたは、返送先を記入し80円切手を貼った返信用封筒を同封してお問い合せください。

(受付締切などはございません)

〒108-0014　東京都港区芝4-4-10　ハタノビルB1F
㈱天狼プロダクション「情報案内」係

ダーティペア・シリーズ／高千穂遙

ダーティペアの大冒険

銀河系最強の美少女二人が巻き起こす大活躍大騒動を描いたビジュアル系スペースオペラ

ダーティペアの大逆転

鉱業惑星での事件調査のために派遣されたダーティペアがたどりついた意外な真相とは？

ダーティペアの大乱戦

惑星ドルロイで起こった高級セクソロイド殺しの犯人に迫るダーティペアが見たものは？

ダーティペアの大脱走

銀河随一のお嬢様学校で奇病発生！　ユリとケイは原因究明のために学園に潜入する。

ダーティペア　独裁者の遺産

あの、ユリとケイが帰ってきた！　ムギ誕生の秘密にせまる、ルーキー時代のエピソード

ダーティペア・シリーズ／高千穂遙

ダーティペアの大復活

ユリとケイが冷凍睡眠から目覚めたら大変なことが。宇宙の危機を救え、ダーティペア！

ダーティペアの大征服

ヒロイックファンタジーの世界を実現させたテーマパークに、ユリとケイが潜入捜査だ！

ダーティペアFLASH 1 天使の憂鬱

ユリとケイが邪悪な意志生命体を追って学園に潜入。大人気シリーズが新設定で新登場！

ダーティペアFLASH 2 天使の微笑

学園での特務任務中のユリとケイだが、恒例の修学旅行のさなか、新たな妖魔が出現する

ダーティペアFLASH 3 天使の悪戯

ユリとケイは、飛行訓練中に、船籍不明の戦闘機の襲撃を受け、絶体絶命の大ピンチに！

星界の紋章／森岡浩之

星界の紋章Ⅰ —帝国の王女—

銀河を支配する種族アーヴの侵略がジントの運命を変えた。新世代スペースオペラ開幕！

星界の紋章Ⅱ —ささやかな戦い—

ジントはアーヴ帝国の王女ラフィールと出会う。それは少年と王女の冒険の始まりだった

星界の紋章Ⅲ —異郷への帰還—

不時着した惑星から王女を連れて脱出を図るジント。痛快スペースオペラ、堂々の完結！

星界の紋章ハンドブック

早川書房編集部編

『星界の紋章』アニメ化記念。第一話脚本など、アニメ情報満載のファン必携アイテム。

星界マスターガイドブック

早川書房編集部編

星界シリーズの設定と物語を星界のキャラクターが解説する、銀河一わかりやすい案内書

谷　甲州の作品

惑星CB-8越冬隊

極寒の惑星CB-8で、思わぬ事件に遭遇した汎銀河人たちの活躍を描く冒険ハードSF

終わりなき索敵 上下

第一次外惑星動乱終結から十一年後の異変を描く、航空宇宙軍史を集大成する一大巨篇！

遙かなり神々の座

登山家の滝沢が隊長を引き受けた登山隊の正体は、武装ゲリラだった。本格山岳冒険小説

神々の座を越えて 上下

友人の窮地を知り、滝沢が目指したヒマラヤの山々には政治の罠が。迫力の山岳冒険小説

ハヤカワ文庫

谷　甲州の作品

ジャンキー・ジャンクション
謎めいたヒマラヤ登山に挑むクライマーたちが、過酷な状況で遭遇した幻想と狂気の物語

エリコ 上下
美貌の高級娼婦、北沢エリコにせまる陰謀の正体は？　嗜虐と倒錯のバイオサスペンス！

星空の二人
時空を超えた切ない心の交流を描く表題作を含む、ロマンチックでハードな宇宙ＳＦ８篇

エミリーの記憶
人間の記憶と意識のありようの奇妙さを鋭く描き出したサイコティックSFミステリ14篇

神林長平作品

あなたの魂に安らぎあれ

火星を支配するアンドロイド社会で囁かれる終末予言とは!?　記念すべきデビュー長篇。

帝王の殻

携帯型人工脳の集中管理により火星の帝王が誕生する――『あなたの魂～』に続く第二作

膚《はだえ》の下　上下

無垢なる創造主の魂の遍歴。『あなたの魂に安らぎあれ』『帝王の殻』に続く三部作完結

戦闘妖精・雪風〈改〉

未知の異星体に対峙する電子偵察機〈雪風〉と、深井零の孤独な戦い――シリーズ第一作

グッドラック　戦闘妖精・雪風

生還を果たした深井零と新型機〈雪風〉は、さらに苛酷な戦闘領域へ――シリーズ第二作

ハヤカワ文庫

神林長平作品

敵は海賊・海賊版

海賊課刑事ラテルとアプロが伝説の宇宙海賊匋冥に挑む！　傑作スペースオペラ第一作。

敵は海賊・猫たちの饗宴

海賊課をクビになったラテルらは、再就職先で仮想現実を現実化する装置に巻き込まれる

敵は海賊・海賊たちの憂鬱

ある政治家の護衛を担当したラテルらであったが、その背後には人知を超えた存在が……

敵は海賊・不敵な休暇

チーフ代理にされたラテルらをしりめに、人間の意識をあやつる特殊捜査官が匋冥に迫る

敵は海賊・海賊課の一日

アプロの六六六回目の誕生日に、不可思議な出来事が次々と……彼は時間を操作できる!?

クレギオン／野尻抱介

ヴェイスの盲点

ロイド、マージ、メイ――宇宙の運び屋ミリガン運送の活躍を描く、ハードSF活劇開幕

フェイダーリンクの鯨

太陽化計画が進行するガス惑星。ロイドらはそのリング上で定住者のコロニーに遭遇する

アンクスの海賊

無数の彗星が飛び交うアンクス星系を訪れたミリガン運送の三人に、宇宙海賊の罠が迫る

サリバン家のお引越し

メイの現場責任者としての初仕事は、とある三人家族のコロニーへの引越しだったが……

タリファの子守歌

ミリガン運送が向かった辺境の惑星タリファには、マージの追憶を揺らす人物がいた……

ススキノ探偵／東直己

探偵はバーにいる

札幌ススキノの便利屋探偵が巻込まれたデートクラブ殺人。北の街の軽快ハードボイルド

バーにかかってきた電話

電話の依頼者は、すでに死んでいる女の名前を名乗っていた。彼女の狙いとその正体は？

向う端にすわった男

札幌の結婚詐欺事件とその意外な顚末を描く「調子のいい奴」など五篇を収録した短篇集

消えた少年

意気投合した映画少年が行方不明となり、担任の春子に頼まれた〈俺〉は捜索に乗り出す

探偵はひとりぼっち

オカマの友人が殺された。なぜか仲間たちも口を閉ざす中、〈俺〉は一人で調査を始める

原尞の作品

そして夜は甦る

高層ビル街の片隅に事務所を構える私立探偵沢崎、初登場！　記念すべき長篇デビュー作

直木賞受賞
私が殺した少女

私立探偵沢崎は不運にも誘拐事件に巻き込まれる。斯界を瞠目させた名作ハードボイルド

さらば長き眠り

ひさびさに事務所に帰ってきた沢崎を待っていたのは、元高校野球選手からの依頼だった

愚か者死すべし

事務所を閉める大晦日に、沢崎は狙撃事件に遭遇してしまう。新・沢崎シリーズ第一弾。

日本冒険小説協会賞最優秀短編賞受賞
天使たちの探偵

沢崎の短篇初登場作「少年の見た男」ほか、未成年がからむ六つの事件を描く連作短篇集

著者略歴　早稲田大学文学部卒
作家　著書『さらしなにっき』『あなたとワルツを踊りたい』『豹頭王の苦悩』『風雲への序章』（以上早川書房刊）他多数

HM=Hayakawa Mystery
SF=Science Fiction
JA=Japanese Author
NV=Novel
NF=Nonfiction
FT=Fantasy

グイン・サーガ⑫④
ミロクの巡礼《じゅんれい》

〈JA943〉

二〇〇八年十二月十日　印刷
二〇〇八年十二月十五日　発行
（定価はカバーに表示してあります）

著者　栗《くり》本《もと》薫《かおる》
発行者　早川浩
印刷者　大柴正明
発行所　株式会社　早川書房
郵便番号　一〇一－〇〇四六
東京都千代田区神田多町二ノ二
電話　〇三－三二五二－三一一一（大代表）
振替　〇〇一六〇－三－四七七九九
http://www.hayakawa-online.co.jp

乱丁・落丁本は小社制作部宛お送り下さい。送料小社負担にてお取りかえいたします。

印刷・株式会社亨有堂印刷所　製本・大口製本印刷株式会社

ISBN978-4-15-030943-5 C0193